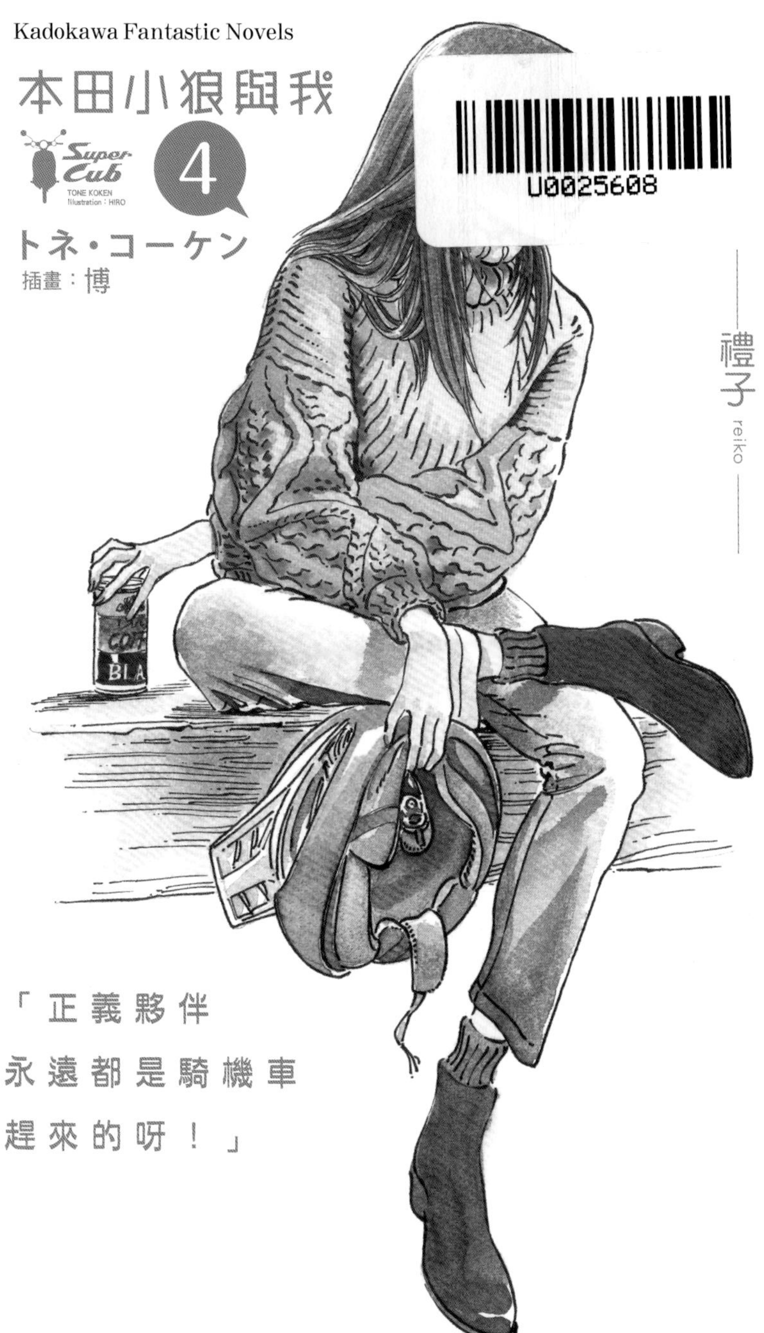
Kadokawa Fantastic Novels
本田小狼與我
Super Cub
4
TONE KOKEN
Illustration：HIRO
トネ・コーケン
插畫：博
禮子
reiko
「正義夥伴
永遠都是騎機車
趕來的呀！」

她的身高要比小熊矮了些。
髮型講好聽是蘑菇頭。
看起來有點像是昭和時代的小孩子誤闖到了公司裡。

「甜甜圈呀，
會保護利用汽機車工作的人喔。
妳看，它就像輪胎一樣，圓圓的很可愛。」

——浮谷東 ukiya azuma——

「我對機車一竅不通，
不過至少會對自己的生命負責。」
——伊藤史
itou fumi——
幾乎要融入夜色之中的漆黑長髮，
以及感覺毫無血色的蒼白臉蛋。
那雙猶如黑曜石的眼睛看不出情感，唯有紅唇非常醒目。

小熊小姐：

誠摯邀請閣下

蒞臨今日

於 BEURRE

舉辦的派對。

——惠庭椎 eniwa shii——

本田小狼與我

Super Cub
TONE KOKEN
Illustration：HIRO

4

Kadokawa Fantastic Novels

Super Cub
HONDA

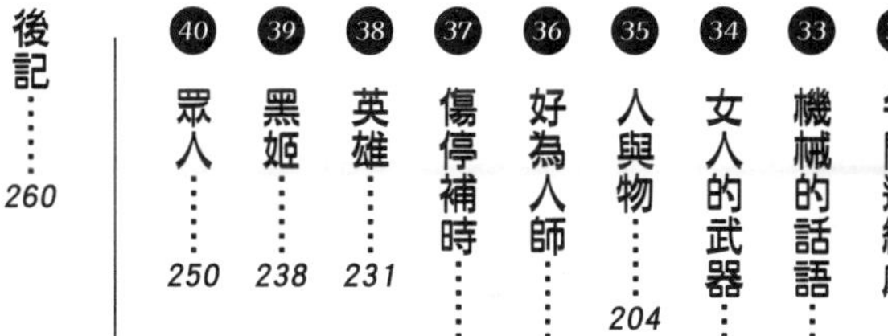

Super
Cub
contents

1 孤身一人

高中生活最後的冬天，沒有去年那麼冷。

根據小熊在手機上看的網路新聞氣象資訊顯示，今年只是小寒來得比往年晚，並沒有特別看到「暖冬」這個詞彙，不過體感氣溫要比去年同一時期還要高。

高二時期的她在缺乏經驗及裝備的狀況下，迎接了開始騎機車之後的第一個冬天。現在想必已經各種脫胎換骨了吧。

在甲府打完工，小熊駕駛著Super Cub騎在即將迎接十二月下旬的國道上，並以指尖觸摸著安裝在車上的透明擋風鏡。

不光是擋風鏡，她還準備了把手套、未脫脂的羊毛手套和襪子、整套連身的禦寒服飾，以及阻擋冷風灌進領口的頸套等。機車是一種不利於冬季行駛的交通工具，而這些在去年的寒風中千挑萬選的禦寒配備，替小熊在冬天騎車時排除掉了苦難。

關於禦寒配備，儘管失敗和破財過許多次，小熊仍認為就結果而言買到了好東西。

得以藉由最理想的方式，花掉學貸及打工所存下來的貴重財產。

要獲得這些物品，需要的可不僅是金錢而已。

把手套是她和同樣騎乘Cub的同學禮子一塊兒四處晃蕩時發現的。買下擋風鏡的時候，小熊很猶豫是否該把錢花在效果未知的東西上，不過禮子的親戚——那名信金課長借她試騎了附有擋風鏡的業務車輛。小熊騎車協助進行文化祭準備時，和椎成了好友。手套和夾克內裡，便是小熊拿椎送的未脫脂羊毛開襟衫，請手工藝社的顧問老師利用針織機重新縫製而成。日後，小熊便掛名在那個社團之中了。

總是在教職員辦公室看著平裝版外國小說的手工藝社老師，望見全身上下滿是禦寒配備，好似要立刻出發前往極地——事實上，冬天在日本騎機車的體感溫度，有時甚至會比極圈還嚴峻——的小熊，說了一句「All the good ones」。意思是「妳從眾多選擇當中挑了最好的」。

小熊尋思，自己或許不只是買下了物質上的禦寒配備，還得到了某些目不可見的事物。在車體中心藉由燃燒汽油來點火，加熱著以冰冷鐵塊和鋁金屬製成的引擎獲得前進動力的Super Cub，聯繫起小熊和形形色色的人。

只要騎在Cub上——不，縱使人不在車上，只要活得像是騎在它上頭一樣，這個世界就不會令人感到寒冷。內心這麼想的小熊，踏上歸途回到獨自居住的公寓去。

行駛在路上的小熊，接觸著汽機車、腳踏車以及行人等各種人類的情感。這時她才發現，一旦接下來把車子放回停車場並回到那間套房，自己又要再次變成孤身一人了。

2 同學

比起一帆風順地邁向尾聲的高三第二學期期末考，之後舉行的活動對小熊而言才是個負擔。

面對高中生活最後的聖誕節，同班同學們策畫了一場派對。

在小熊不知情的期間，班上那些積極的同學持續推動事態進展。大夥兒放學後將集合在學校附近的一座溫泉設施，舉辦一場期末考慰勞會。

身為小熊在班上為數不多的好友，禮子從前就曾耳聞派對的事情，可是她表示「該是打工賺錢的時候了」，一考完試就騎著Hunter Cub回去了。

對於目標放在一般考試升學的人來說，第二學期的期末考帶有重要意義。另一個經常和小熊待在一起的同學惠庭椎，看似太過投入期末考之中了。考完最後一科便頓時癱軟無力的她，坐上接到妹妹慧海聯絡而前來接人的母親所駕駛的雪佛蘭皮卡，和她堆放在貨斗上的Little Cub一道回家了。

結果，小熊將在沒有半個親朋好友的狀況下，前往那場派對。

那座溫泉設施，位在小熊等人就讀的高中步行五分鐘左右之處。那是徒步圈當中唯一的娛樂設備。由於高中生也負擔得起那筆費用，因此小熊那所學校的學生平時就會經常造訪。

小熊只知道它的存在，卻未曾去過。她沒錢特地用在公寓也具備的澡堂上，而且她還曉得好幾個稍微驅車前往就能免費入場的溫泉。娛樂靠Cub就綽綽有餘了。

在禮子及椎迴避參加的情形下，小熊半是隨波逐流地答應了平時鮮少交談的同學近乎義務性的邀約。之所以如此，並不是因為她對溫泉或之後將在大通鋪舉辦的派對有興趣，理由在於她打從以前就對人際關係所抱持的想法。

小熊在買下Cub之前一直都是孤伶伶一個人，連個家人或朋友都沒有。自從開始騎乘Cub後，她和同班的禮子及椎變得要好，連帶使她認識到許多人。

原先小熊認為這是她的驕傲，也是迄今在仰仗學貸的嚴苛生活之中養車所得到的小小報酬，可是她察覺了另一件事——自己的人際關係全都依賴著Cub。

成為莫逆之交的人幾乎都是靠Cub牽線。假如沒有騎乘Cub的話，根本就不會認識到他們。

到頭來，目前的人際關係是透過Cub構築起來的，而不是憑藉著自己的力量所得到的門路。小熊心想，假使當下這個瞬間，Cub從自己眼前消失無蹤的話，先前建構的人際關係是不是也會煙消雲散呢？最起碼，往後她無法獨自和其他人建立起像過去一樣的維繫。

倘若失去了Cub的話——

今年秋天遇上車子差點報廢的問題後，小熊就常常思考這件事。今後要和Cub繼續生活下去，自己也得擁有相對的能力才行，而非一味指望著Cub。

當小熊構思起不依靠Cub的人際關係時，她感覺自己好像被丟到了四下空無一物的空間去。若是在此夾著尾巴逃向Cub為她所打造的人際關係裡，那就和以前沒兩樣了。如果人際關係的構築存在著教科書，而自己尚未學會高中生應有的技能，那麼就從國中國小，甚至幼稚園開始重新學習就好了。至少小熊面對Cub時，遇到不懂的問題都是這麼做的。當她騎車在某個地方迷路的時候，就會回到認得路的位置。

從如何轉螺絲開始學保養車子的小熊，為了重新學習人際關係，決定從最初階——也就是學校班級內的社交著手做起。

事後回想起來，帶有相當目的性而動身前去的溫泉設施，並沒有辦法令小熊獲得達成心願的充實感。

其他同學都從學校直接前往走路五分鐘就會到的溫泉設施。騎車追過他們並第一個抵達溫泉的小熊，被琳瑯滿目的設備吸引住了。當晚了一步才來的班上女生進入溫泉，各個小團體開始吵吵嚷嚷地談天說地時，沒能加入任何一個集團的她，光是獨自泡在溫泉裡就覺得渾身不對勁。

搞不清楚離開溫泉的時機，因此小熊配合人數最多的團體從浴場來到更衣室。然而即使是在這裡，眾人彼此調侃對方的浴衣裝扮也讓小熊有種疏離感。望向身上的打扮，儘管小熊自己也覺得很蠢，卻沒有人會開口笑她。

從男浴池出來的男生也摻雜在其中，一塊兒來到了鋪有榻榻米的休息室。班上大部分成員都聚集在這裡，不過寬廣的室內還有充足的空間。

允許自由攜帶食物及飲料的房裡，桌上已經擱著零食和飲品了。至此小熊才發現，班上大夥兒會比自己晚到的理由。大家是在路上的超市一起出錢買了這些東西，而沒有人告訴小熊這件事。

小熊坐在桌子角落的座墊上，領悟到自己失敗了。光是伸手拿取開始倒在桌上紙杯

當中的飲料，就會使她變成一個厚臉皮的卑鄙小人。

在班上感覺特別善於社交的女孩似乎看不下去，開口詢問小熊想喝什麼飲料，於是她便拿了一杯茶。雖然對方也有要小熊吃零食，不過她卻虛弱地揮揮手拒絕掉了。

「妳其實用不著在意呀，大夥兒都明白妳的情況。」

聽聞眼前的同班同學說出這句話時，小熊好想立刻逃出派對會場。自己確實無父無母又靠學貸生活，但沒有窮途潦倒到買不起桌上擺的這些零食，而且也不會拋下品格，要人家施捨給她。

結果，這場眾人一塊兒享受零食、飲料及聊天之樂的派對，小熊自始至終都是一個人獨處。

當班上某人聊起到長崎旅行的話題時，她好想說出自己騎車縱貫九州的事。

當其他女生說自己以讀者模特兒的身分在時裝雜誌上占有一塊小小的版面時，小熊在想要不要講出夏天和禮子一起參加機車雜誌企畫而騎著Cub攀爬富士山，並以多達十二頁的彩色報導刊登出來一事。

小熊還想拿手機給對方看看，其後雜誌社官方發布的影片，要比寫真偶像演出的單元擁有更多觀看次數。

當男生們在聊前陣子買的樂器，螺絲頭的形狀長得像星星一樣奇怪而無法拆解時，小熊很想告訴他們那叫作梅花螺絲，需要專用的起子才能轉開。若是沒有的時候，只要動手加工削切螺絲頭讓普通的起子得以使用，或是裁斷螺帽就拆得掉了。

未能與任何人交談的小熊，帶著「拜託趕快散場」的念頭度過這段時間。她原以為有生以來最艱辛的經驗是去年嚴冬時期驅車上路，如今那份苦楚都要比現在好多了。

原本打算付出少許代價獲得人際關係，但自己的精神力這項「成本」，卻在一無所獲的狀況下被一點不剩地奪走了。

之後，派對配合溫泉設施的打烊時間散場了。好不容易從苦行之中解放的小熊，將有如鎧甲般沉重的浴衣換成制服，接著彷彿尋求救贖似的離開了該處。

Super Cub在停車場裡等候著小熊。她戴上能夠阻斷後方其他同學談話聲的安全帽之後，腳發啟動車子引擎並跨了上去。直至方才都如同汙泥一般堆積在心中的負面情感，霎時不見蹤影。

「或許我果然只有Cub吧。」

機械並未做任何答覆，這點令小熊覺得值得慶幸。

它比會說話的人好太多了。

3 人才招募

結束了和愉快相去甚遠的班級派對後，小熊隔天騎著Cub在甲府市內到處跑。

這是她從去年冬天開始做的醫療檢體收發打工，需要自備機車。這份不定期地做到現在的工作，小熊進入考後休假便連續排了好幾天班。

不僅是因為故障和新零件的誘惑使得養車依舊很花錢，得先為了數個月之後展開的新生活籌措物品也是理由之一。最重要的是，在段考最後一天的派對上體認到自己的社交能力有多麼低落的小熊，想尋找其他事物來填補這份缺憾。若要說到有什麼東西的價值勝過人際關係，小熊認為最簡單明瞭的便是錢了。

所幸至今的工作成績，讓她十分清楚甲府附近的地理環境。她不但未曾發生車禍，而且獲得了「擁有優秀的應對能力，得以處理這份得在隆冬時節不分天候或路況騎車四處跑的差事」這種評價。她工作得很順利，時常受託去跑有特別津貼的緊急運送任務或支援其他路線，而不僅是以時薪計算的固定路線。

雖然她依然不喜歡在客戶那邊閒聊，也幾乎沒有和同樣做收發的同事親暱地交談，但彼此有著同為機車騎士的共識，而且只要工作就會受到肯定，因此職場的人際關係令小熊感到很舒暢。她並不討厭和其他打工的收發騎士一起在公司等候室裡度過的時光。

唯一麻煩的，就是隨著小熊本身工作技能的進步而經常被交付過來的新人工讀生教育差事，不過這也並非無法忍受。對方在研習階段就很清楚小熊是個寡言又冷漠的人，再說要做的事情堆積如山，根本沒空閒磕牙。

即使路徑或路線不同，這份工作基本上就是到客戶那邊回收檢體再帶回來，十分單調。感覺在這兒與同樣的人碰面、反覆做著相同的事也沒指望能夠提升社交能力，但至少可以確保生活所需之最低限度的人際關係。小熊認為這樣就夠了。比起人與人之間的聯繫，她比較重視戶頭裡面不斷增加的餘額。

考後休假將要結束時，做完當天工作的小熊，被檢驗公司的正職員工給找了過去。據說是社長有事要找她。

會是自己在不知不覺間犯下了什麼錯嗎？可是對方的口氣又顯得很客氣——小熊帶著此種想法到僅以辦公室格板隔開的社長室去，於是發現除了社長之外，還有另一名身形嬌小的客人。

對接下來的話題毫無頭緒的小熊，坐在會客室兼社長室裡的沙發上之後，社長便拿出幾張文件並開口說道：

「今天是因為我們有事想拜託妳，才會請妳到這裡來。」

小熊對面帶微笑的社長輕輕頷首。這份打工並沒有如此要求禮儀，不像穿西裝坐漂亮辦公室的工作那樣。社長掛著笑容，指向擱在桌上的文件。

「妳要不要嘗試看看機車快遞的工作呢？」

小熊在腦海裡細細咀嚼著社長的話語。目前自己騎車從事的就是運送檢體的機車快遞工作，但她也曉得快遞不光只有這種類型。

「具體來說是什麼樣的工作呢？」

小熊是在去年夏天協助學校業務輸送文件，才初次體驗到勞動的滋味。現在這份打工和社長，便是那時認識的甲府公立高中老師所介紹的。社長是那名老師的大學學妹。她同樣修過教職課程，最後卻沒有成為教師，而是繼承了父母經營的醫療檢驗公司。這樣的她，帶著很符合過去經歷的口吻——也就是學校老師般的語氣開始解釋。

「當中最大的差異，基本上會是隨機工作，而不像現在一樣有固定路線。每次都會從不同的對象手中承接貨物，再送給不一樣的人。工作範圍也不像目前僅以甲府市內為

中心，會拓展到山梨全區及隔壁縣市，有時還會橫跨一整個縣。當然，交通工具會使用中型機車而非輕機。不過這個公司會出借，妳不用擔心。」

就這番話聽來，工作內容倒也算是挺有魅力的。如果從以時薪計算的固定路線制改成論件計酬的隨機運送，收入應該會增加。小熊近來很介意騎車在外工作造成的耗損，會出借車子這點也正合她意。當前的問題不在於工作本身，而是工作地點的人還有和他們之間的契合度。小熊從剛剛就很在意，那名毛毛躁躁地坐在社長身邊的嬌小客人。

她不像一般造訪社長室的客人，並沒有穿著套裝或繫領帶。那副戴著高度數黑框眼鏡，身穿牛仔吊帶工作服的模樣，看起來有點像是昭和時代的小孩子誤闖到了公司裡。

「當妳正式開始機車快遞的工作後，妳的所屬單位自然也會從我們這邊轉到快遞公司去。因此，我便邀請她過來了。」

社長指著身旁的客人說道。做工作服打扮又一直緘默不語的女子，這時從沙發上站了起來說：

「我是浮谷。」

小熊也報上名字，並握住對方伸出來的手。和她彷彿孩童般的外表不同，女子的握力意外地強勁。掌心微微感受到的粗糙，令小熊察覺到她是個平時就有在騎車的人。從她左手無名指的指背很漂亮這點來看，女子的車多半和Cub一樣沒有離合器拉桿。

小熊望向她的腳邊，那是一雙RED WING的黑色佩科斯靴。看來小熊的預料果然沒錯。那雙穿舊了的靴子表面，並沒有打檔車車主才會有的特殊傷痕。

這名叫作浮谷的女子，工作服上穿著附有許多口袋的機車夾克。兩人握完手之後，她便以生疏的動作從其中一個口袋拿出名片盒，接著遞出內容物給小熊。上頭寫著「共同運輸社　董事長　浮谷東」。

用不著看那張名片，光是機車夾克獨具特徵的外表，小熊就猜到她的來歷了。那件印有公司名稱的夾克和有著滿滿口袋的網狀背心融為一體，是機車快遞相關人士特有的配備。

社長代替浮谷這個看似不怎麼多話的女子，一如既往地以教師口吻說道：

「工作和公司詳情都寫在上頭了。畢竟妳還有學業要顧，只要能在年內給我個回應就好了。」

小熊翻閱著對方遞出來的文件，回答：

「我做。早點開工會比較好。」

既然有這個機會能賺取比往常更多的錢，那就沒有放過它的道理。名叫浮谷的女子

看似露出了放心的表情。她窺伺著小熊的臉色，說：

「可以從明天開始做嗎？」

小熊背靠著沙發，笑道：

「明天要參加結業典禮。因為我是個高中生嘛。」

浮谷似乎對於自己忘記對方立場一事感到害臊，只見她縮著原本就很小巧的身軀說：

「這樣呀，說得也是呢。那麼，妳就後天再來試騎業務機車吧。」

隔天，小熊所就讀的高中舉辦了第二學期的結業典禮。

對小熊來說，這是高中最後的結業典禮。第三學期結束就是畢業典禮了。

氣氛要比前兩年還嚴肅的典禮，看不見小熊的身影。

班上眾人都整整齊齊地穿好平時隨興穿著的制服，坐在排得井然有序的椅子上聽校長致詞時，小熊人在甲府市。

她正在昨天會晤的女子——也就是浮谷所經營的機車快遞公司車庫裡，準備試騎公司名下的車子。

原本照理來說，身為高中生的小熊此時此刻應該在參加結業典禮。然而，面對更加重要且極具魅力的要事，典禮根本毫無意義。

小熊站在接下來自己要騎的本田ＶＴＲ前面，倒抽了一口氣。

4 VTR

那天，小熊來到了機車快遞公司的辦公室。它位在甲府市中心——中央高速公路的甲府昭和交流道附近。

小熊尋思著「從家裡到這邊的通勤時間大概需要半個多小時吧」，同時把自己的車停放在運送公司櫛比鱗次的區域之中，一棟看似是拿倉庫改裝而成的辦公室前面。

小熊事前有電話告知對方說會在這個時間過來，可是看到大門緊閉，又不見電鈴之類的裝置，人在倉庫前的她稍微猶豫起該怎麼通知自己的來訪——或說是出勤。結果，用不著等她敲門，浮谷便打開雙開式拉門走了出來。

「歡迎。」

或許是因為身在自己的地盤上，態度顯得比昨天沉穩幾許的浮谷邀請小熊入內。

倉庫裡頭有一半是業務機車的車庫，另一半則是組合屋辦公室。除了小熊之外的五名旗下車手似乎都出門了，公司裡就只看得到浮谷一個人。

儘管沒有人，不過對小熊而言價值連城的物品，正在車庫照明底下休憩著。

昨天從醫療檢驗公司被招攬到機車快遞公司的小熊，選擇前往試騎自己將在工作上用到的車，蹺掉了對畢業學分不會造成影響的結業典禮。

講話及思考方式並未完全褪去教師氣息的醫療檢驗公司社長，一再建議小熊應該去參加高中最後的結業典禮，不過小熊堅稱自己需要籌措資金來面對新生活。面對原本打算避開典禮而把行程排在後天的浮谷，小熊向她強烈要求在隔天試騎。

其理由相當明確，就是小熊想盡快騎騎看快遞公司的浮谷社長利用手機給她看的業務機車。若要說到另一個算不上充分理由的原因，便是小熊覺得當她和社長提到結業典禮一詞的時候，浮谷都會露出難受的表情。

比起參加結業典禮，和高中同學惋惜著所剩無幾的光陰，小熊選擇了和全新的機車見面。含蓄地對此表達出喜悅的浮谷，不僅是因為有人來填補自家公司的缺額而開心。她望向小熊的目光，依稀像是看著同類一樣。

小熊想像起浮谷就讀高中時在班上屬於什麼樣的定位，不過這樣也不會讓心裡多麼舒坦，因此她把注意力切換到眼前的機車上。

本田ＶＴＲ。

這是本田公司所銷售的二五〇cc仿賽車。由於引擎和車體耐用，所以廣受支持的一款業務機車。

小熊碰觸著仍然很新的VTR油箱。白色的油箱配上了鮮紅的桁架式格狀車架。小熊原先覺得，金色輪框就工作用的機車來說可能有點太過搶眼，但事實上她打從以前就看過後方裝著機車快遞外務箱的VTR許多次，因此對這輛和Cub同樣擁有商業性質的機車感到很有興趣。

「妳有騎過嗎？」

小熊邊從輪胎磨損程度確認著前一位車主的習慣，邊搖頭否定。她不喜歡被人家認為是不會騎，而且那樣很浪費時間，所以決定講出該說的話來。

「我在有所往來的車行幫忙時，騎過很多種二五〇和四〇〇cc的機車。」

浮谷點了點頭，就像是聽小熊親口證實了醫療檢驗公司社長所告訴她的經歷一樣，不過小熊並沒有看得很清楚。小熊的目光，從剛剛開始就被白色VTR給奪走了。

「妳要騎騎看嗎？」

小熊聽到這句盼望已久的話語後，儘管認為第一天上班就這樣有點沒教養，還是對浮谷伸出了手。浮谷從掛在車庫牆上的鐵製鑰匙箱中拿出鑰匙，放到小熊的掌心上。

跨上ＶＴＲ的小熊以眼神向浮谷請示許可。見到浮谷頷首應允，小熊便把鑰匙插進車子裡，再按下啟動鈕。

馬達轉動起來後，引擎便啟動了。在暖車的期間，浮谷為小熊說明道：

「這輛車完全沒有什麼需要特殊操作的地方。之前騎它的孩子要去國外念大學而離職了，所以這輛公司最新的ＶＴＲ會變成妳的專屬車輛。」

小熊由一度跨上的車子下來，以自己的雙眼進行各部位檢查。包含前後胎、鍊條、懸吊系統、煞車，以及前照燈和方向燈之類的燈具。她還將剛發動的引擎暫且切掉來檢查機油。隨後，小熊還確認了騎乘這輛車時最重要的安全配備——也就是收在後箱文件夾裡的保險證。確定自己即使發生意外，也會有款項撥下來。箱子裡頭還放有非常時刻會用到的工具。

在冷車期間因自動阻風門而拉高的引擎轉速，會隨著溫度逐漸提升而穩定下來。它的燃油似乎並非透過傳統化油器，而是利用電子控制的。雖然禮子不喜歡，但小熊在今年夏天參與雜誌社企畫時騎過噴射版Cub，她並不怎麼反感。因為電子控制會替騎士矯正汽油引擎特有的不穩定燃燒及轉速。

只不過，若是要自掏腰包騎車的話，小熊會選擇維修方式瞭如指掌，就算壞掉也很容易在外頭緊急修理或更換零件的化油車就是。

小熊仔細地讓身子體會著ＶＴＲ的引擎震動。狀況良好的機車，空轉會很清澈。許多調校過的車，會因高轉速區域為優先的調整而導致空轉顯得粗獷又不安穩，但它在有別於轉速起落和穩定性的其他部分——也就是汽油燃燒和活塞往復運動之中不會傳出奇怪的觸感。反之，車況不佳的空轉會顯得很混濁。

「我去騎個三十分鐘左右就回來。我想，這樣就可以判斷我是否能夠駕馭它了。」

浮谷點點頭，說：

「路上小心。」

轉動節流閥把手，催動引擎使機油循環來代替回答的小熊，握起離合器拉桿後踩下ＶＴＲ的變速踏板。它要比小熊所知任何一輛附有離合器拉桿的車都好入檔。稍稍催著油門並放開拉桿後，小熊便從倉庫騎到外頭去了。

5 試騎

浮谷的機車快遞公司就像附近多如繁星的流通公司一樣，走過短短的小徑便會立刻通往幹道——國道二十號線。

小熊並未筆直地騎向二十號線，而是到處轉彎兜圈子。

比起劈頭就騎到車流快速的幹道去，先以低速騎乘來熟悉這輛車才是她的目的，不過必然地會參觀到辦公室周遭形形色色的公司。

這裡不愧是山梨及周邊區域的卡車流通據點，不但有許多陸上運輸公司和倉庫，其間隙還蓋有疑似員工宿舍的公寓。四下可見正在工作的人們。

大夥兒或是在停車場清洗卡車，或是從宿舍窗戶晾著洗好的衣物。走在路上的人身上不是穿工作服就是西裝，完全看不到學生、孩童或主婦的身影。這是一條屬於勞工的街道。

儘管小熊日日期盼著某天能夠獲得無須工作也活得下去的身分，但待在這裡令她開始覺得，人們是否基於賺取生活費以外的理由，才需要天天工作呢？

她和一名穿著襯衫配上工作夾克的男子擦身而過。對方提的超商塑膠袋裡，裝了便當、寶特瓶以及雜誌。他是正要去上班嗎？小熊隨即明白到事情並非如此。那是下班後要回宿舍或家裡的模樣。雖然看不見表情，不過小熊覺得他的腳步看似雀躍無比。

因為結束了辛苦的工作，才會在歸途上期待著稍後要在家裡度過的時光。沒有工作就不會體會到辛酸的滋味，走在路上卻也不會如此開心。

坦白講，小熊對於「不參加結業典禮」這個判斷原先還有幾分猶豫，但她覺得自己最起碼獲得了比聆聽校長致詞更有益處的經驗。

就在她四處繞著遠路時，身體漸漸習慣了VTR的大小及重量。小熊就這麼把車子騎進了國道二十號線。

從小徑駛入幹道後立刻遇上紅燈的小熊，暫且將車子停下。她配合相交的道路號誌由綠轉黃的時刻，將檔位從原本的空檔踩進一檔。在眼前號誌轉為綠色的同時，她便催動節流閥把手並放開了離合器拉桿。

大概是騎乘Cub的習慣讓她把轉速拉得太高了，只見引擎發出呼嘯的VTR加速前行，於是小熊慌慌張張地踩進二檔。即使操作得有些粗糙，車子依然順利進檔，穩穩地

行駛著。

小熊變燈起步時似乎飆得太快了，原本在她後方停紅燈的卡車已經遠遠落在後頭。她接連踩進三檔和四檔，在不會被警車攔下的範圍內提升速度。小熊就這麼巡航了一陣子，結果又遇上甲府市區內變多的紅綠燈。她在號誌變成綠色的同時，發動一度停下的機車。這次馬上就從一檔踩進二檔的她，原先想說轉速是不是低得不足以換檔，不過車子的運轉完全沒有問題。

ＶＴＲ的加速果然和五〇ｃｃ的Super Cub天差地遠。不但鮮少出現加速不均或偏差的情形，無論快慢都能迅速抵達幹道的巡航速度。小熊自認騎過Cub以外的許多種機車，但假使只有騎過Cub，她也覺得只要學會離合器的操作方式便足以順利駕馭它。

輪徑比Cub還寬的車胎，在車流快速的幹道騎經路面接縫或車痕時也十分穩定，不像Cub一樣常常會令她感到害怕。而ＶＴＲ的騎車姿勢，也讓她不會因長時間騎乘而感到痛苦。小熊認為，這真是一輛好車。

驅車從甲府昭和來到韮崎一帶的小熊，從韮崎交流道騎上了高速公路。她向浮谷社長提出的三十分鐘試騎時間轉眼即將告終是其中一個理由，而她確認過ＶＴＲ在小徑及幹道有多麼好騎之後，還想了解一下它在高速公路上的表現如何。

或許這只是藉口也說不定。小熊單單只是隨心所欲地到處騎著VTR的時候，自然而然地前往高速公路去了。

騎在中央高速的VTR和國道時同樣穩定，只是迎面而來的風相當強烈。機車夾克的袖子被吹得躁動不已，風壓使得小熊難以轉頭。小熊心想：倘若要日常騎乘高速公路的話，還是要有一面裝在Cub上的那種擋風鏡比較好。

只不過，若是像目前這樣單純享受騎車之樂的時光，這種風也不賴。搞不好因公外出騎車時也會意外地有趣。

帶著依依不捨的心情在甲府昭和騎下高速公路的小熊，經由國道二十號回到了浮谷的公司去。

小熊把VTR停回倉庫內的車庫，卻沒看到浮谷的身影。她正在辦公室裡打電話。走下車子並將鑰匙放回牆上的箱子後，小熊走進了辦公室。

6 初次上工

浮谷露出一臉急迫的模樣，對著裝設在辦公室桌上的電話說：

「就說了，時間和距離都不成問題，可是那些量要兩輛才堆得下呀。公司裡現在能動用的只有我那一輛機車。啊——真是，別哭了啦！我陪妳一起想辦法。」

小熊透過對話內容，察覺到這通電話的用意了。會委託機車快遞送貨的客人，大家都有某些著急的理由。浮谷固然看似焦急，但對方卻更是被逼得走投無路。另外還有一點，就是這名社長不會棄那樣的人於不顧。

浮谷對著桌上的電話開口，同時拿出手機操作。她可能是正在找有辦法立刻支援的同行。望見她的表情，小熊便曉得搜尋結果不理想了。

小熊走到身高比自己略矮的浮谷身旁，拍了拍她的肩膀。浮谷看向小熊的模樣，儼然像是個工作被孩子打攪而歇斯底里的母親。小熊就這麼用拍打浮谷肩頭的手，指著自己的臉龐。

浮谷臉上浮現出迷惘之色。她不知道能夠仰仗今天剛來，一切都還是未知數的小熊到什麼地步。小熊以沉穩的語調說：

「我知道地點在哪裡。」

浮谷的對話裡所提到的地名，是小熊不時騎車徘徊的地方。不論是收件或送件處，她多少都有點了解。聽聞話筒傳來焦躁不堪的聲音，浮谷像是下定決心似的說：

「我剛剛找到第二名騎士了。她半小時就過去，妳先準備好。」

掛斷電話的浮谷，把在辦公室裡穿的克駱格鞋換成了黑色皮革佩科斯靴，接著對小熊說：

「妳願意幫忙嗎？」

開口回應的小熊，看似很介意身上的機車夾克。她不曉得這件衣服適不適合穿到客戶那邊去。

「如果只是騎車送件給客人的話。」

浮谷從辦公室的置物櫃裡取出塑膠包裹遞給小熊。那裡頭是一件全新的機車快遞外務夾克。浮谷也穿著同樣的衣物，背上還印了公司名稱。

小熊撕破塑膠包裝，穿上與網狀背心合而為一，又內藏防摔保護片的夾克。尺寸方

面沒有問題，問題在於背負著公司招牌的重量。小熊心想，只要分毫不差地照著正確步驟一步步執行，應該就能順利解決了。

小熊請浮谷提供地圖資訊確認了路線。收件處是小熊平時就經常前往購物的韮崎，而送件處是山梨縣外的埼玉縣秩父。基於興趣使然，小熊也騎車到這兒遊蕩過許多次。

秩父距離小熊所住的北杜市相當遙遠，根本算不上是在附近，她怎麼會曉得那裡呢——浮谷露出像是懷抱著此種疑問的表情，不過當中其實沒有什麼深奧的理由。只是因為連接甲府到秩父的雁坂道途中，有一座雖為機動車輛專用道路，卻能騎輕機通過的雁坂隧道而已。

自從十六歲開始騎乘Cub以來，小熊一直都在騎輕機。稍微出遠門的時候，她只能一臉羨慕地眺望著騎在高速公路上的普通重機或大型重機，而雁坂隧道能讓她以輕機體驗到騎乘高速公路的感受。對小熊而言，雁坂隧道有特地一去的價值，而不單單僅是前往某處的中繼點。

浮谷跨上停放在車庫角落的本田黑色大型速克達，用小熊聽不見的聲音喃喃說了幾句後，便發動了引擎。

那是本田FUSION——銷售最久的一款大型速克達，也經常用在機車快遞上。

戴上Schuberth半罩安全帽的浮谷，對啟動ＶＴＲ引擎的小熊說：

「那妳跟在我後頭來。不過，就算在號誌之類的地方跟丟了，也別勉強追上來喔。若是走散，妳就先往收件處去。萬一迷路的話，ＬＩＮＥ給我就好了。」

先前給人的印象不怎麼可靠的浮谷在跨上車子後，態度頓時變得十分堅毅。浮谷比小熊矮了些許，FUSION看似對她來說稍嫌大台。然而，她卻輕輕鬆鬆地在車庫裡頭迴轉，朝向出口。

望向小熊片刻的浮谷，就這麼上路了。在起步時有些操之過急的小熊，讓ＶＴＲ與浮谷停在公司用地和公路交界處的FUSION並排著。

以銳利目光看著小熊的浮谷，和她在辦公室內展現的表情判若兩人。小熊以略大的嗓音向她問道：

「辦公室上鎖了嗎？」

「啊！」

浮谷連忙下車，替辦公室及車庫上鎖。接著，她露出一臉狗狗被人類注視而感到害羞的模樣再次跨上車，並驅車上路。

起步的小熊維持著浮谷能以後照鏡掌握動向的距離，同時追著她那看似既大又小的背影而去。

分別騎到兩個自己熟稔的地方再回公司去，小熊第一趟工作就在平安無事的狀況下落幕了。

來向浮谷哭訴的委託人，是打從她開公司以來的客人，兩人之間是有打過照面的關係。而貨物則是高電壓纜線、電容器和繼電器等電工材料。

委託人經營的造型公司所承接的秩父聖誕節燈飾在平安夜點燈時廣受好評，電線卻在熄燈後燒斷了，導致聖誕節當天無法點亮。

經過連夜搶修，他們好不容易找出了電流過載而造成負荷集中的部分，可是重新拉線所需的替換電纜只存放在韮崎的公司倉庫，最晚得在下午三點前將纜線及相關機械送到，否則就來不及更換。

倘若在聖誕節當天發生了燈飾點不亮的狀況，不但造型公司須支付違約金，信用也會跟著掃地。最重要的是，待在美術大學時就一直把熱情投注在燈飾上的委託人，她的作品將會毀於一旦。

年底道路擁塞，這個距離利用小貨車之類的四輪快遞根本來不及。就算有意委託機車運送，也只有浮谷的公司願意在這個眾人繁忙的時期承接。

浮谷的FUSION與小熊的VTR，在韮崎的收件處分別載運一輛機車堆不下的電工零件，再一起沿著國道一四〇號北上前往秩父。儘管半路遇上塞車，她們依然活用著機車的長處順順地鑽了過去，在時間綽綽有餘的情況下把物品送到秩父的收件處。

小熊原先以為，與客戶之間的單據往來會遠比操控機車或熟記路線要困難許多，不過其實只要請客人於交付和取件時在平板電腦上簽名就好。小熊跟在浮谷身邊聽了簡單的說明，發現配給的業務平板和她的手機採用相同作業系統，因此覺得自己應該能順利學會操作方式，而不會太過不知所措。

浮谷以平板的通訊功能確認到似乎沒有追加工作後，兩人就這麼騎車折回來時路，踏上回到甲府的歸途。

回程進入甲府市區那一帶等紅燈時，排在小熊身旁的浮谷開口說想休息一下，於是她們倆便到甜甜圈店去了。

就平時不怎麼吃外食的小熊來看，這種行為只會令她覺得浪費時間金錢，但她有幾件工作上的事想請教浮谷，像是平板的使用方式之類的。

面對甜甜圈而感到心情極佳的浮谷，拿了一個草莓巧克力口味的。她把甜甜圈上的洞亮給小熊看，同時說道：

「甜甜圈呀，會保護利用汽機車工作的人喔。妳看，它就像輪胎一樣，圓圓的很可愛。」

喝著咖啡的小熊，拿起自己那份簡單的肉桂甜甜圈，回應道：

「它不但熱量豐富，還能夠攝取專心駕駛時會不足的糖分，我認為是很好的補給食品。」

隔著黑框眼鏡，瞪圓雙眼看向小熊好一陣子的浮谷，胡亂踢動著雙腿說：

「好厲害！小熊妳真了不起！妳知道好多我不懂的事情！」

小熊實在難以相信，眼前這個嬌小的女孩子，剛剛才騎著大型速克達FUSION行雲流水地穿梭在路上。她在擁擠不堪的幹道上領先其他車輛的同時，還保持著不把後方的小熊甩掉的速度，駕駛方式既機靈又聰明。

方才那番話，是慧海從前對家裡提供的花生醬香蕉三明治所做的評語，小熊只是拾人牙慧罷了。愛吃甜甜圈和花生醬香蕉三明治的貓王艾維斯·普里斯萊於晚年轉眼變胖

一事，證明了這種三明治正如慧海所言，是一種高熱量的食品。

浮谷孩子氣地反覆誇讚著小熊，同時吃著甜甜圈。她的吃相不怎麼優雅，碎屑掉得到處都是，還忙不迭地揮舞著手腳。

慧海在無須行動時就會像尊雕像般紋風不動，浮谷和她正好是兩個極端呢——內心如是想的小熊，迅速朝浮谷所坐的桌子對側伸出手，抓好差點被浮谷的手肘給撞翻的咖啡杯。

險些打翻咖啡的浮谷縮起手腳及身子，一副像是自己的不小心遭人斥責了一樣。於是小熊拿起桌上的季節限定菜單牌說：

「妳要吃吃看這個聖誕節限定的甜甜圈嗎？」

浮谷原先消沉不已的神情綻放出光輝。不給小熊空檔站起身的她小跑步衝到自助式收銀檯，各買了兩個鮮奶油草莓及起司奶油口味的甜甜圈。

儘管小熊覺得有點反胃，不過倘若當真如浮谷所言，甜甜圈會扶持以運輸業為生的人，那麼她想親自嘗嘗看來確認真偽。

事實上多虧了甜甜圈，小熊逐漸了解浮谷這個人，而它也在建構與機車工作相關的人際關係方面派上了用場。

小熊對這個社長產生了興趣。雖然她的體格及舉止都像個小朋友，駕駛機車的本領卻是貨真價實的。小熊想了一下，不曉得她和自己誰比較厲害，但這點往後應該就會水落石出了。

唯有一點，她認為目前的自己比不上這位社長。

這個看似不可靠的社長，在同樣經營中小企業的熟客求助之下，明明只有自己一輛機車派得出去，卻打算毫不猶豫地接下對方的委託。還說要陪對方一塊兒想辦法，處理這份無法獨力完成的差事。

假如小熊遇到了相同狀況，她在衡量風險後八成會決定置之不理吧。

8 騎士

在甜甜圈店小憩片刻後，小熊與浮谷回到了甲府昭和的辦公室。

幾個鐘頭前離開這裡時，車庫裡除了小熊用於通勤的Cub之外沒有其他半輛車，現在則是排著五輛機車。

兩輛是跟小熊一樣的VTR，另外兩輛是越野機車CRF，還有一輛和浮谷同屬大型速克達的FORZA。儘管大家的車身顏色不同，後方卻都載著黃色的機車快遞箱。

「大夥兒似乎正好回來了，來跟她們打個照面吧。」

老實說，小熊對此很排斥。她依然不喜歡與人碰面。

認為「工作這檔事，就是即使不想做也得硬著頭皮幹」的她，跟在浮谷身後走進辦公室去。

「歡迎回來！」

稱不上有多麼寬敞的室內，有著五名機車快遞騎士。眾人皆一起看向小熊。

她們全都是女性。霎時間，小熊回想起前幾天在溫泉設施所舉辦的派對。當班上同學都在熱絡交談時，只有她和別人無話可說的一段時間。小熊感覺到自己雙腳發軟了。

雖然她向大家稍稍低頭行禮，可是不曉得該說什麼才好。此時浮谷替眾人介紹了小熊。大夥兒對小熊伸出手，要求握手。

「我叫北野。」

「我是高橋。」

「我叫式場。」

「我是片山。」

「我姓田中。」

假如今後還要在同一家公司做事，那麼就必須建立起良好的關係才行。小熊在和五人握手的同時，盡可能地觀察著對方。

她們的年紀看似都比小熊大了一些。若是學校班上，散發出相同氛圍的人往往容易聚在一起當朋友，不過眼前這五個人卻是徹頭徹尾地迥然不同。

既有看似楚楚可憐的大小姐，讓人擔心機車快遞這種工作她是否做得來；也有感覺自己扛著貨物跑會比騎機車快的女生。另外還有連模特兒都自嘆弗如，感覺會出現在VOGUE或柯夢波丹等雜誌封面上的美女、比起機車快遞夾克更適合穿工作服的苦命女

子，以及明明身在甲府山中，卻洋溢著海盜氣息的女生。

換言之，小熊搞不清楚她們是什麼樣的人。小熊在此了解到，構築職場人際關係這回事得靠自己慢慢摸索，沒有服務手冊或工程指示書可以參考。

多虧浮谷買了大量的甜甜圈回來，大夥兒在辦公室裡聊得很起勁。

小熊聽著眾人談話，不時也會提起自己的狀況。比方像是她騎著Cub攀爬富士山或到九州兜風，還有扭斷汽缸螺栓時得自行分解引擎的事。

聊天時心想「只要像這樣屈指數著剩餘話題，慎重地搬出來講就好了嗎」的小熊，發現那些女生原先打量著她的眼神都變了。小熊仍是個十八歲的高中生這件事情，最令眾人吃驚。

聽聞浮谷說「下次妳穿著制服來吧！」的時候，小熊猶豫著不知如何回答是好，不過暫且以「現在放寒假」的理由穩當地拒絕掉了。

在機車快遞辦公室裡與同事會面，並沒有班級派對那麼令人如坐針氈。儘管大夥兒不像班上同學一樣擁有相仿的年齡和社會地位，但光是共享著有在騎機車並以此為業的經驗，就有聊不完的話題。

一名小熊還不太記得名字的女性騎士說：

「和浮谷一道騎車很辛苦吧？這孩子老是在奇怪的時候變換車道，讓人猜不透她的動向。」

小熊並未伸手拿取方才吃過的甜甜圈，而是喝起咖啡並搖搖頭說：

「倒也不見得。當社長打算靠右的前一刻，臀部會往右挪移一公分左右。」

所有人都放聲大笑。認為大概是自己成天吃甜食而很在意臀部大小的浮谷，變得滿臉通紅了。

當浮谷給車子減速的時候，會稍稍抬起屁股重新坐好——小熊遲疑著該對大夥兒講還是留著當成往後的話題好。結果，也許是平時多半只喝一杯咖啡的她今天喝了兩杯的關係，最後還是講出來了。

這件事眾人似乎早已知情。臉龐比先前還紅的浮谷蹲了下去並雙手抱頭，感覺很想當場消失的樣子。

小熊心想，自己或許能在這兒做下去也說不定。這份差事要面對的是機車、貨物、道路，以及每次都不同的客人。她不認為和公司同事之間會有多麼頻繁的交流，而且更重要的是，和機車騎士待在一塊兒也不會造成什麼負擔。

和浮谷兩人一起運送燈飾材料到秩父的工作，讓小熊第一天的研習結束得比預計還快。明天起，她就要成為浮谷這間共同運輸公司的旗下騎士，開始上工了。

9
Super Cub健身運動

當聖誕節過去，年關將近之際，危機落到了小熊身上。

自從升上了高中，她的生活就有諸多風風雨雨，目前也面臨著「再過幾個月就要畢業，之後便無處可住」這樣的困境。其他還有維修保養Cub的工具不足、後輪的壽命將盡等，各種的瑣碎麻煩絡繹不絕地找上門來。有些甚至就像阮囊羞澀這個頑強過頭的老毛病般，變成熟悉的老朋友了。

每當小熊碰上這些生活方面的問題，都是靠著本身的才幹、意志，以及他人些許協助來克服的。

雖然她覺得有一半的問題是去年買的Super Cub所引起，不過也同樣是它賦予了小熊排除那些困難的能力。

目前找上自己的麻煩，當真能夠怪在Super Cub頭上嗎？小熊心底如是想，同時低頭望向稍稍陷進腰身去的牛仔褲。

對此，小熊心裡有數。由於維修保養車輛的開銷已漸漸趨緩的關係，小熊平常的三餐吃得是愈來愈好了。不僅如此，自從在浮谷社長手下工作後，吃到甜甜圈這類甜食的

機會也增加了。

浮谷的早餐大多會吃甜甜圈或鬆餅，不然就是小熊早上看到會反胃的整塊蛋糕配甜膩的咖啡解決，工作中也經常會吃甜甜圈。和這樣的社長在一塊兒，小熊收到甜甜圈的次數也會跟著變多。

在上下班時會前往的甲府昭和辦公室，也擺著某人買來的甜甜圈。迄今把甜點類食物當成奢侈品敬而遠之的小熊，也因此能夠吃到免費的點心。

隸屬公司的其他騎士常常會關心無父無母、生活貧困的小熊而帶伴手禮給她，這也千篇一律地淨是甜甜圈。

可以免費收到過去鮮少有機會品嘗的甜甜圈固然令人感激，可是天天吃令小熊覺得終歸會厭膩。儘管如此，一天一次的甜甜圈及咖啡時光，不知不覺間慢慢成了她生活中的一部分。問題在於，偶爾與浮谷一起工作的時候，甜點時光不會只有一次就了事。

浮谷曾經看著甜甜圈的形狀說過，它擁有魔法可以保護以運輸業為生的人。儘管小熊沒有盲目相信這種胡言亂語的意思，不過反覆聽聞之下似乎就對自己的思想及思緒產生了潛移默化的效果。她覺得在工作空檔吃甜甜圈，確實比較能夠維持注意力。

不曉得究竟有沒有效果，小熊從初次開工以來到目前為止，都沒有遭遇過工作上的失敗或交通意外，通勤使用的Cub也沒有故障的情形。正當她開始覺得「搞不好甜甜圈真的會像輪胎一樣轉啊轉的，讓自己的生活變得輕鬆」時，一件大出所料的麻煩事找上了她。

無論做什麼事情，都有所謂的代價。可說是天天吃甜甜圈的代價，纏繞在小熊的腹部一帶。

至今為止，小熊都和女同學經常討論的減肥話題無緣。她並沒有基於社團活動或興趣而做運動的習慣，可是只要吃著普通的食物，過著一如往常的生活，體重就幾乎不會有變動。

也許是因為她都依靠腳踏車上下學或購物的關係。這麼說來，自從開始騎Cub後，她就不太常騎腳踏車，也很少走路了。

禮子偶爾會在她所住的小木屋裡量體重。每當體重出乎意料地增加，她就會撂下一句「機車的輕量化得從車主開始做起」，然後毆打家裡的沙包，或是到附近未經鋪裝的路面慢跑。

小熊原先心想「車體將近有八十公斤。區區幾公斤的增減，會改變車手的重量加諸於它的負荷嗎？」，但禮子表示「一旦車手變重，加速能力跟極速都會有微幅衰減」。為此，禮子才會不惜重本更換輕盈的鈦合金短版排氣管，還把腳踏啟動桿和置腳桿換成鋁製的副廠產品來進行輕量化。

禮子對摸不著頭緒的小熊，講了一句：「多堆一包米袋上車，就會有所不同了，對吧？」這樣子她多少就能夠明白了。

椎反倒是生活不規律時體重會立刻減輕，體力還會因此下滑，所以她都會留意不要低於自己的目標體重。然而，當她遇見了小熊和Super Cub後，似乎就不再發生體重變輕導致搞壞身體的狀況了。

不曉得這是事實或椎有所偏袒，她表示自己開始和小熊及禮子一塊兒吃午餐之後，食慾就變得旺盛了。

慧海應該和體重增減這類煩惱扯不上關係吧。她肯定可以像是換穿衣服似的，讓身體足以容納自己所需的精力及敏捷性。

總之小熊有些辛苦地扣上了牛仔褲的鈕釦，再把拉鍊拉上。接著她穿上相同的牛仔夾克。她感覺這件也變緊了。

再這樣下去，就非得把它換掉不可了。母親心血來潮時購買，在失蹤時留下的Lee RIDERS 101牛仔套裝，重新買齊得花不少錢。如果要全盤相信禮子那番話，那麼體重增加也會直接使得機車的油耗低落。

小熊不得不把腰上所繫的比安奇皮帶多退了一個洞。為了用回原先的洞，小熊考慮著是否要透過減肥，把身子練得稍稍結實一些。但是，不清楚具體來說該怎麼做才好的她，決定暫且先不管這個問題。接下來即將跨年，公司旗下幾名騎士會回老家放假，小熊必然會變得忙碌。如此一來，她鐵定瘦得下來。雖然禮子告訴她說「肉體勞動這玩意兒儘管運動量大，卻絲毫沒有減肥效果」，不過小熊並不採信。與其付錢給健身中心，邊運動邊賺錢絕對比較好。

當小熊對這個問題視而不見時，解決它的契機隔天很快地便主動找上門來了。這狀況可說是幸也不幸。

年底的大清早，小熊騎車到超商添購用完的醬油，卻因為覺得冬天早晨清冽的空氣相當舒暢，所以回程時騎到了須玉市區去。結果，變燈時起步的車子忽然不動了。

從引擎停止前一刻的徵兆來看，小熊大致察覺了毛病出在哪裡——是電系故障。在

仍然昏暗的路上，小熊把車子停靠到有燈光能利用的自動販賣機去，而後蹲下來探查詳細原因。

損壞的地方立刻水落石出了，是高壓導線。電線與線圈的連接處斷裂，而電線垂了下來。

小熊回想起秋天碰上高壓導線斷掉的狀況時，曾把電線換成新品。由於電線是採取黏死在發電線圈處而無法分離的構造，小熊硬是拆掉後，才利用透明膠帶綁起連接著線圈的新電線。然而，似乎是溫差、雨水以及騎乘時的震動使膠帶剝落，只見電線脫離了線圈。如果光是這樣的話，只要重新插上電線就能再次發動車子，但電線脫落的時候弄壞了線圈的中央電極，它們沒辦法再度接起了。

如此一來，就不可能在外頭動手修理，得把車子帶回家才行。家裡有在解體廠購買的備用線圈，不過現在的問題就是回不去。

中古車行的篠先生店裡有運送機車用的卡車，不過他八成還在睡。前幾天小熊為了方便支付網購費用，辦了網路銀行信用卡。而它雖然有道路救援的加值服務，可是因為要錢的關係，小熊並未選購。

她無法把Cub送到家裡。就這麼在動彈不得的機車旁邊不知所措也不是辦法，小熊決定採取行動來解決問題。她拿出手機確認目前所在位置，接著抓住Cub的把手並踢起腳架，開始推著車子走。

由須玉到日野春自家公寓的距離大約是五公里。途中的道路小熊已經騎車跑得很熟了，而且也沒有陡坡。就算是步行也只要一個多小時的路程，不會沒辦法推著一輛Cub走——如此認為的小熊，繼續推車走。

好不容易看到日野春車站時，穿著一件上衣的小熊在零下氣溫之中汗流浹背。

她萬萬沒料到，推著Cub走竟然會如此辛苦。不但沖壓鐵板製成的車身很重，而且腳還撞到了從旁突出的腳踏桿好幾次。小熊猜想或許有更輕鬆的方式推車，於是試著單手抓貨架或座墊，還有將手擱在位於把手轉軸——亦即轉向桿正上方的儀表板來推動，到頭來卻發現還是雙手抓著轉向握把最好。

騎車時未曾意識過的平緩上坡，此時車身重量也考驗著她的身子。當她以為下坡會比較輕鬆的時候，還得邊拉著煞車阻止擅自向下滑的車，推起來比平地還累。

據說許多資深車主，都曾有過一兩次推車回家的經驗。很奇妙地，無論是除了機車

之外孑然一身的高中生，或是擁有卡車及廂型車能載送愛車的機車狂熱愛好者，以往都有過同樣的體驗。

無法使用運輸車及道路救援的狀況，彷彿命中注定的必然般同時碰上。這時，不曉得是機車騎士的天性或過度自信，車主總是會不禁意氣昂揚地推車步行，而小熊也成為其中一員了。想必禮子過去也發生過同樣的狀況。

把車子擱在日野春站附近的自家公寓停車場後，走進室內的小熊倒臥在地。Cub確實讓人備嘗辛酸。不過，或許它也再次替自己解決了困擾。心中如是想的小熊，撫摸起肚子來。

今天肯定託了Cub的福，得以消耗掉兩三個甜甜圈的卡路里。

10 公主殿下

當世間迎來除夕的那一天，小熊仍然在做機車快遞的打工，並未休息。

來自其他縣市的騎士都休假回鄉，只有小熊沒有特別要回去的老家。而世上有一大票人和小熊一樣，跨年時期依然守在工作崗位上，因此送貨至企業的案件或個人的快遞委託都絡繹不絕。

就算事情告一段落後回到甲府的辦公室，依然立刻會有下一件案子進來。

小熊需要盡可能賺取現金以面對數個月之後的新生活。儘管她對此心懷感激，卻也在辦公室裡稍作休憩。

她和浮谷社長兩人待在與放置機車的車庫相比略顯狹小的組合屋裡。即使小熊走了進來，這個擔任社長兼騎士的女子也僅是抬起頭看一下，隨即回到事務工作上頭了。在小熊眼中，她是個有點奇妙的人。

她的身高要比小熊矮了些。髮型講好聽是蘑菇頭，但小熊看來就像是在家裡被母親

剪得太過火的樣子。另外，浮谷還戴著一副高度數黑框眼鏡。

她上班總是穿著牛仔吊帶工作服，以及袖子和領口鬆垮垮的休閒衫。上頭可見經由反覆洗滌而淡化的紅色，還有讓人搞不清楚究竟是奶油色，或者單純只是泛黃的白底部分。這樣的休閒衫看起來很孩子氣，一點都不像大人的衣服。

小熊之所以會決定在這間機車快遞公司打工，其中一個理由便是令人聯想到昭和時代孩童的浮谷，讓她有種奇妙的認同感。儘管浮谷身為社長的經營及營業手段難以評斷好壞，不過招攬來的工作至少足以讓包含小熊在內的七名旗下騎士混口飯吃。

小熊從辦公室一角的咖啡機，倒了咖啡在自己的馬克杯裡。

她聽說這兒的規矩需要自備杯子，於是帶了一個乳白玻璃製的厚實美式馬克杯來。首先，小熊在什麼也不加的情形下嗅聞咖啡的氣味。不曉得是誰的主意，放在辦公室裡的咖啡永遠都是摩卡。直接喝會令人在意它的酸味，它和加糖及奶精的飲用方式比較搭。小熊也加了半包糖，還有一顆奶精進去。

原先望著螢幕的浮谷抬起了頭來。她雙手把玩著空空如也的咖啡杯，同時凝視著小熊正給咖啡加糖的手邊。

小熊走到浮谷的辦公桌去，拿起馬克杯清洗過後，把一整包糖及自己用剩的半包還有兩顆奶精統統加了進去，再注入咖啡拿給浮谷。浮谷的杯子形狀看似和小熊那只淡翡翠色的美式馬克杯類似，上頭還印有已經從日本撤資的甜甜圈連鎖店名字，就免費贈品而言感覺相當耐用。

浮谷像是個新年期間在親戚面前感到怕生的孩子般捧著杯子，低聲對小熊道謝。小熊跑去坐在狹窄會客區的合成皮沙發上。

先是傳來一道啜飲咖啡的聲音，接著她聽見了浮谷敲打桌上型電腦的按鍵聲。當小熊以為她是個不會進行無趣閒聊的人物時，浮谷開口說話了。

「春節期間妳也願意上工嗎？」

小熊以咖啡溫暖著雙手，同時回答道：

「只要有案件的話。我希望從新年到開學這段期間，能夠盡量承接工作。」

浮谷只說了一句「這樣」，就回到電腦文書作業去了。接下來是一片沉默。小熊喝了一口咖啡，望向浮谷的辦公桌。桌上有一架和落伍打扮很相襯的螢幕，感覺好像是二十世紀的產品。這架運作聲大得亂七八糟的桌上型螢幕擋到了小熊的視線，使她看不見浮谷的臉，看起來也像是浮谷躲在螢幕後面一樣。

還以為浮谷要閒聊一些和她很不搭調的話題，結果單單只是傳達工作上的必要事項罷了。對小熊來說，這是理想的職場人際關係。若是對方要客套地談天說地，而非當真

出於興趣才開口，會令小熊痛苦難當。

這位社長不會那樣。小熊固然覺得不錯，卻也在思考另外一件事。一般的社會人士喝了別人倒的一杯咖啡，起碼會給點好臉色看吧？面對小熊這種內心不做如此期盼的對象，惜字如金十分合理。這是好事，同時也是正確的。

僅以正確性所構成的事物，遇上意料之外的狀況時會相當脆弱。

過去小熊從來不曾懷疑過自己和浮谷之間的關係，不過偶爾脫離常軌也不賴。至少機車這種東西便是如此。小熊再次喝了一口咖啡，才開口說道：

「社長，妳不回老家嗎？」

浮谷沒有停下敲打著舊式鍵盤的手，反倒是愈打愈快。敲打聲也稍微變大了些。

「這個世界上呀，有的人想回家去，有些人則否呢。」

並未做出任何回應的小熊從沙發上站了起來，改為坐在椅背上，面對浮谷所躲藏的桌上型電腦。小熊總覺得對方希望她這麼做。

「我曾經是個公主殿下。」

比起漫畫或童話裡出現的公主，外表長得更適合在後面幫人家提洋裝裙襬的浮谷說道：

「打從小時候就一直都是這樣。我想要什麼大人都會買給我，遇上困難的時候就會有人立刻出面相助。無論是在學校或家裡都一樣。」

小熊聽不太懂這位年齡不明的社長想說什麼，簡單講就是她對父母親的溺愛感到有些厭煩，因此疏遠了老家吧。從公司對設備投入的資金也能察覺到，辦公室不像有受到老家支援。小熊環顧著這樣的室內，說：

「所以妳才成為了國王，而非公主嗎？」

浮谷敲打鍵盤的手戛然而止，並從螢幕後方探出頭來。她望向小熊的眼神，就像看著前所未見的人種一樣。她這個人不會針對親子關係開口說教，反之也不會為了置身至外而利用消極的慣用句打斷話題。

「那小熊妳就是公主殿下了。」

覺得這玩笑亂無聊一把的小熊，把咖啡一飲而盡。儘管她不認為目前在寒空之下送貨的處境，可以和社長往昔曾體驗過並主動捨棄的奢華生活相比，不過只有這杯咖啡要比王公貴族所喝的飲品還要美味。

「請妳僱用我做行政內勤，而非現在的工作。如此一來，我就會成為這個王國的公主。」

浮谷笑了出來，接著用手比了一個叉叉。收到郵件的通知聲，打斷了她們兩個的交

談。浮谷看著桌上型螢幕，對小熊說：

「工作上門了。」

小熊也把腦袋切換成工作模式，站起身來。公司有發給她一件背部及胸部皆內藏保護片的機車夾克，她待在辦公室時不是穿在身上就是放在手邊。這時她揪起夾克穿了上去。夾克上頭附有機車快遞騎士所必備的網狀背心。多虧了放在背心裡的裝備，整件衣服沉甸甸的。

小熊從背心拿出平板電腦，確認浮谷利用桌上型電腦傳送過來的收件及送件處後，便拿著安全帽和手套離開了辦公室。她在腦中規劃著最有效率的路線，同時大腦的其他部分在思索別的事。如果自己要在浮谷打造的王國之中擔負什麼任務，想必不會是深居簡出的公主殿下吧。

內心如是想的小熊，拉起那件有如甲冑般的夾克拉鍊，接著如同騎馬似的跨上了VTR。

11 FUSION

除夕這天太陽下山後，小熊將素材送到雜誌社外包的編輯事務所去，彷彿世間不存在春節這檔事似的。正當完成這份差事的她在身延町的甜甜圈店休息時，公司透過平板捎來了聯絡。

今年夏天，小熊和禮子一同在雜誌企畫之下，騎著Cub攀爬過富士山。當時參與那次企畫的編輯，與小熊在事務所裡巧遇了。工作中受到對方採訪及拍照的小熊儘管有些疲倦，臉上卻綻放了笑容。

做這份論件計酬的機車快遞工作，最討厭的就是兩趟委託之間的待命時間了。不但得繃緊神經面對不知何時會捎來的聯絡，在閒來無事的狀況下騎車到處跑，或是待在超商及速食店，會讓她覺得自己成了對世間運作毫無貢獻的酒囊飯袋。

小熊把先前所吃的甜甜圈和咖啡一塊兒灌進肚子裡，再拿紙巾擦擦手，接著重新看向平板電腦。以通訊軟體而非通話功能傳來的收件地點，是勝沼的釀酒公司。上頭還附帶了一條訊息。

『是大型貨物。』

換言之，便是小熊那輛ＶＴＲ上頭的快遞箱所裝不下的貨物。這樣就得和其他快遞騎士兩人協力，或是更多人一起搬運才行。小熊在這兒工作的第一天就有經驗過了。

才剛進現在的快遞公司沒多久，仍在慢慢熟悉其他騎士的小熊有些擔心了起來。假如要和很會騎山路，可是不擅長在外環道路鑽車的北野小姐搭配，那麼就必須由小熊來帶路；而如果是在困難的差事方面極其可靠，但自我意識強烈導致一塊兒上路略嫌麻煩的田中大姊頭，又會勞心傷神。

為了確定前來相助的同事究竟是誰，小熊再次看向通訊軟體，結果上面顯示的文字大出她的意料。

『由我出馬。』

同時擔任機車快遞公司經營者和騎士，那個有如昭和時代孩童的社長要出面——心裡這麼想的小熊，離開店裡走向停駐在外的ＶＴＲ前，先到櫃檯去買了幾個甜甜圈。

由身延町騎乘能夠比國道還快北上的廣域農道進入勝沼外環道路的小熊，抵達了鄰近勝沼葡萄鄉車站的收件處。從甲府昭和的辦公室前來的浮谷已經到了。她正好走下本田FUSION這輛二五〇cc的速克達，還脫掉了安全帽。

說到市區或都市裡最快的機車，許多人會舉出一二五～二五〇cc之間的速克達。較常用在機車快遞上的FUSION儘管是無須打檔的速克達機車，其不容小覷的速度卻也眾所皆知。由於是速克達的關係，它的重心及座墊高度都很低，擁有體格嬌小的騎士也易於操駕這個優點。

舉起手向前來的小熊打過招呼，浮谷便進入了釀酒公司的辦公室裡。小熊總覺得自己成了保鑣還什麼似的，不過既然她是因為騎車的本事受人欣賞才會被僱用，那麼雖不中已不遠矣吧。

機車快遞這份工作不被要求親切地面對客人。釀酒公司的職員，正在用辦公室裡的電視看剛剛開始播放的紅白歌唱大賽。當浮谷向對方表明身分後，他立刻就把貨物拿了過來。樹脂製的桶子裡頭裝的似乎是甜酒。

這東西要送到小熊的老家——日野春的一間神社。今晚開始的初次參拜要提供甜酒給參拜者，可是到了當天才發現下訂出了紕漏，因此才會委託機車快遞直接從釀酒公司送過來。這兩只桶子的大小倒也不是放不進後箱，只是超重了。

初次參拜所供應的甜酒滋味，意外地會影響到當地人對於神社的評價。那間神社往

常都是拿附近酒窖出讓的酒粕自個兒釀造甜酒，不過自從數年前酒窖收山後，他們便改為購買廠商利用生產線製造的完成品。

浮谷與小熊拒絕了那位員工幫忙搬運到停車場的提議，自行帶著桶子過去了。她們必須在運送前，實際掌握到貨物的重量和性質才行。附有堅固握把的桶子，就體感而言沒有那麼重。把它收進FUSION後箱裡的浮谷對小熊說道：

「液體很麻煩喔。」

「我知道。」

別看小熊這樣，她平時全都以Cub載運生活一切所需。

小熊單手舉起桶子，用另一隻手開啟後箱時，裡頭散發出一股甜美的香氣。她從後箱之中拿出裝有甜甜圈的紙盒，再把桶子堆進去。看到浮谷不時偷瞄著自己，打開紙盒讓她一探究竟的小熊說：

「我買了甜甜圈過來。等東西送完之後再來吃吧。」

浮谷銜著手指頭，抬起眼神看著小熊。小熊戳了戳社長所戴的那頂Schuberth安全帽，同時說道：

「之後才能吃。」

收工後等待著自己的甜甜圈似乎讓浮谷獲得了幹勁，只見她跨上車子，以手勢告知小熊自己要帶頭。距離辦公室和浮谷老家很近的甲府周遭會以她為首，而小熊熟知路況和路面情形的韮崎及日野春則會換人領航。

厭惡溺愛自己的雙親所做的干涉，為了自食其力而創業的浮谷，仍然有很多嬌生慣養的地方，不脫當年還待在老家時的模樣。不過，現在她遇上了一個有話直說的人，不像雙親那樣有求必應。也許她會藉由這個機會，像是果實或葡萄酒熟成那般，逐漸有所改變。

12 烏鴉

浮谷在按下馬達啟動鈕發動FUSION的引擎前，先是說了一句：

「要上嘍，我的烏鴉。」

這名外表和服裝都顯得很土氣的社長，許多行動都令小熊不能理解。比方像是愛喝加了滿滿砂糖的甜膩咖啡，還有討厭鞋帶而穿著長筒佩科斯靴或魔鬼氈運動鞋。其中和小熊最為格格不入的，便是給自己的機車取名一事。

至少就小熊的記憶，她不曾以廠商品名之外的稱呼叫過自己的Cub。目前隸屬的這家公司，旗下騎士也幾乎沒有替機車命名的奇人異士。縱使放眼環顧身旁的機車騎士，禮子及椎也沒有做這種事。

當小熊進入這間公司前，在那場兵荒馬亂得不像面試的談話之中，提到平常有在騎乘Super Cub這件事時，浮谷率先問到了「它叫什麼名字」。以為對方是指型號而非產品名稱的小熊回答「是AA01化油版的最終款」，浮谷便露出了略顯失望的表情。

據說英國針對生活之中擁有汽機車的人，做過一個對象不分男女老少的問卷調查，結果發現有超過半數的人都會幫自己的愛車取名字，並且經常對它們講話。

也許小熊「替機車命名很丟臉」這份想法，只是以她狹窄視野望見的小小世界為基準罷了。

凝望著FUSION的背影，試圖看向浮谷眼中所見之物的小熊，同時下意識地伸手啟動自己的ＶＴＲ，追著搶先一步上路的浮谷而去了。

外環道路被前往初次參拜的車輛擠得水洩不通。這輛車體如同烏鴉之名一片漆黑的FUSION通行無阻地騎在路上，流暢地鑽過其他車子。

小熊聽說浮谷打從離開老家開始機車快遞業務以來，已經換過四輛FUSION了。

第一輛是騎了八萬公里後壽命耗盡而報廢，第二輛是買來半年後出了意外而完全損壞，第三輛則是在六萬公里時撤換下來拿去翻修，擺在那邊當成私人用以及預備車輛。她目前所騎的第四輛FUSION里程兩萬公里，以快遞機車來說正是剛訓完車，狀況最好的時期。

小熊看過浮谷手機裡滿坑滿谷的歷代FUSION照片，它們的車體全都統一為黑色。

浮谷不論公私場合，外出都會利用FUSION。雖然小熊不明白，浮谷這個年齡不詳

卻稚氣未脫的體型及服裝適不適合大型速克達，不過騎在FUSION上的她感覺比在辦公室做事時還要有朝氣。

為了防止意外發生，「引人注目」也是機車快遞工作之中的重點。為此，騎士們都會穿上附有反光材料的背心。像小熊的ＶＴＲ，就把油箱和車架分別塗成白色及紅色這種亮眼的色彩。

小熊原先想說融入黑暗之中的FUSION會不會有點危險，但如果採信禮子從前告訴她的說法，黑色殘留在視網膜的時間會比其他顏色來得長，反倒是意外地醒目。除了特種部隊之類需要誇耀自身存在的部分兵科之外，軍隊也不會在叢林或都市迷彩中採用黑色，而黑色槍械近年也多半會塗成保護色。

反過來以搶眼性質煽動人們恐懼的越共黑色戰鬥服，則是被稱作「黑色睡衣」而受到美軍士兵畏懼。在生存遊戲之中，被黑色套裝的帥氣所吸引而選擇它的人，結果多半會成為容易瞄準的明顯肉靶。

黑色在夜間還會反射人造光源，映出傍晚暮色。影集《邁阿密風雲》為了表現出街燈映照並流逝在車體上的效果，劇組準備了黑色的法拉利複製品當成主角的愛車。

當兩人穿過勝沼外環道路並接近甲府時，周遭的卡車數量慢慢比一般車輛多了。打從過去太平洋及日本海的海產與船運集中在人稱「魚町」的甲府魚市場那時起，甲府便是本島的流通據點了。包含運送參拜甜酒的小熊等人在內，甲府的物流工作在跨年時期依然忙碌。

除夕和家人悠哉度過的人們十分期待的活動——也就是如今已成了元旦慣例的新年特賣，以及各地舉辦活動時所需要的物資，都是由勞工在眾人休息時所運送的。

就在通過甲府昭和的高速公路入口附近，小熊與浮谷注意到後方有輛卡車拉近行車距離而來。追來的速度比起其他車流快了不少的卡車，前照燈的反射讓人覺得很刺眼。

外環道路單向各有兩條車道，而隔壁車道很空。假如很趕的話，明明只要變換車道超過去就好了。小熊等人的ＶＴＲ及FUSION，車速已經足以騎在車流前方了，卡車卻像是刻意為之似的緊逼著她們。

大概是卡車司機從體型和安全帽露出的頭髮發現兩人是女性騎士，才會故意耍著人玩吧——如此心想的小熊意圖加速甩開對方，不過浮谷卻擋在小熊的去路制止她，而後直接打方向燈變換到隔壁車道。

在浮谷所僱用的快遞騎士之中，小熊最擅長掌握浮谷騎車時的習慣。於是她便像是連體嬰似的，讓ＶＴＲ一塊兒騎進隔壁車道。

雖然後方的卡車有意跟著小熊等人一起變換車道，卻被隔壁車道後頭跟上來的其他卡車給擋住了。卡車司機加快速度與小熊兩人並排行駛，而後反覆按了好幾次喇叭，才再次加速揚長而去。

自從許多隸屬於運輸公司的卡車會記錄行車狀況後，據說魯莽駕駛行為就減少了，可是偶爾還是會遇上這樣的車輛。浮谷有些地方像個小孩子一樣不服輸，小熊對於這樣的她居然會如此乾脆地讓路感到意外。然而，忿忿不平地望著卡車以大幅超越道路車流的速度——也就是國道均速離去的小熊，隨後立刻就明白了浮谷的意圖。

小熊與浮谷所騎的車線前方行駛著一輛卡車，更前面則有一輛白色豐田MARK X。這輛MARK X移動到隔壁車道後，便開始急驟加速。它的車頂出現了一盞閃爍的紅燈。

就這麼跟著車流騎的小熊，側眼望著方才的卡車被MARK X偵防車攔停，同時吹起了口哨。

「烏鴉是很聰明的。」

無論是遠離雙親庇護獨自過活，或是騎車在公路上平安存活，都需要保有理性的判斷力才做得到。也許騎在黑色的FUSION上，會令這位在辦公室及客戶那邊顯得不太可靠的社長變成一名完美無缺的人，或是逐漸知曉成為完人的道路。如同Super Cub之於小熊那樣。

當兩人從甲府進入韮崎，在路寬變窄時交換了順序，由小熊騎在前方。雖然VTR的轉向把手以手機架固定著一支智慧型手機，可是根本用不著看向上面顯示的地圖，小熊便驅車前往自己十分熟稔的當地神社，並把VTR騎進位在社務所後方的側門。

浮谷也把黑色的FUSION停駐在小熊旁邊。漆黑的車體，反射著令正月的神社浮現出淡淡輪廓的提燈及攤位光芒。浮谷輕撫著這樣的FUSION，就像是在慰勞它一樣。

為了日後著想，小熊試著詢問如何像剛才一樣從一般車輛中辨識出偵防車，結果浮谷只願意回她一句「烏鴉會告訴我喔」。

小熊感到似懂非懂。從前她向禮子問過相同問題時，對方也毫不保留地說：「是直覺！」騎著Cub在路上跑的小熊，偶爾會覺得車子的動作比平時還頓，彷彿像是潛意識察覺並通知她有危險似的，而非自己的表意識有所作為。像這種時候，她經常會碰見擅長偽裝的巡邏車。

小熊開始懷疑，機車擁有擴大車主情感及知覺的效果了。浮谷自身所感知的事物之中，那些無法藉由人腦具象化的反應，大概是從FUSION那邊得到的吧。不時會牽扯到

超自然現象的探測棒，據說原本也是屬於那一類的東西。

FUSION實現了浮谷「離開老家並自食其力」的願望，如今則保護著她。FUSION的黑色塗裝，是會令物體看起來比實際要小的收縮色。它以側腳架停駐的模樣，也像是一匹善良的藍黑駿馬配合年幼的少女騎士側傾著身子一般。

「謝謝你，我的烏鴉。」

儘管如此，小熊依然覺得給機車取名很丟人。

13 跨年參拜

有位看似工讀生的巫女在社務所裡頭等候著。小熊與社長將甜酒桶交付給對方，在距離新年只剩下數十分鐘的時刻，完成了今年最後一份案件。

明年元旦一直到下午之前都沒有委託。打算把今天用於通勤的Cub暫放在公司，直接騎著ＶＴＲ回到日野春公寓的小熊，被浮谷給叫住了。

「我們去參拜吧？」

不但工作到除夕深夜，而且平常比起大夥兒都在工作的平日，眾人過著閒暇時光的假日會讓浮谷比較有精神。她會對這種活動產生興趣，實在令小熊很意外。

「經營者是很迷信的。」

就算她講些很有社長氣息的話語，也只像是小朋友在故作成熟罷了。以側腳架傾斜著車身停駐在浮谷背後的FUSION，感覺也像在笑她。

跨上ＶＴＲ的小熊開啟後方的置物箱，拿出裡頭的紙盒說：

「這個妳要怎麼處理？」

浮谷一個勁兒地衝向小熊手上的甜甜圈盒。

「我要現在吃！」

果然還是這樣比較適合她。

走下車子的小熊，把紙盒遞給浮谷，接著說：

「我去拿甜酒過來吧？」

立刻打開紙盒望著裝在裡面的甜甜圈，一臉欣喜的社長看也不看小熊，回應道：

「我要喝甜的咖啡。」

小熊覺得自己好像變成了讓孩子予取予求的惡質父母一樣。她體會著這樣的感受，同時前往社務所一旁的自動販賣機。

「算了，無所謂啦。」

無論是熬夜或是在平時不該進食的時間吃點心，除夕夜能夠讓小孩子獲准做出往常不許做的事情。小熊開始從神社腹地的方位聽見電動式除夕之鐘的撞擊聲，這很有住宅區神社的風格。

拿咖啡和甜甜圈慶祝今年一整年零事故的小熊與浮谷，穿著工作服走向神社腹地。

平常晚上總是鴉雀無聲的神社，一年就這麼一次會燈火通明、喧囂不已。兩人體驗著這種異於往常的感受，同時環顧著參拜者。有一半的人盛裝打扮，另一半則是身穿日常便服。不論是哪一半，全都在外頭穿著羽絨外套或大衣，以面對平時不會外出走動的隆冬深夜。由於小熊和社長身上的快遞業務用機車夾克足以應付零下的強風，而且底下還穿著禦寒內衣，因此並不會特別感到寒冷。

這所位在舊武川村中心附近的神社，離小熊就讀的高中也很近。心想「若是碰上認識的人，就得打個招呼才行」而將視線掃向群眾的小熊，捕捉到了某項事物。

她沒有看錯的可能。以女性來說十分高挑的身材、在神社燈火照射下閃耀著橘色的髮絲，還有登山褲及連帽外套這種和其他參拜者大相逕庭的打扮。

惠庭慧海人就在那兒。

縱使在這間神社遇見慧海，也不是什麼令人驚奇的事情。慧海跟椎的家走路就到得了這裡。而椎正面臨讀書應考的最後關頭，她們的雙親則是外出旅行了。小熊曾經聽說過，慧海平時就常常會到這間神社來。她並非為了參拜，而是要培養夜視能力，才會選擇在暗無燈火的黑暗之中行走。

不過，既然只遇上了慧海，那麼小熊就想上前搭話，和她一塊兒進行跨年參拜。至於浮谷，只要適當地打發她回家就行了。畢竟她也不是小孩子了，一個人應該不會迷路

吧。再說還有FUSION跟在她身邊。

似乎是留意到小熊的視線，慧海做出望向她那邊的動作，於是小熊便拉著浮谷的手隨便跑進了一個攤位去，買了兩串平常完全不會想花錢買來吃的章魚燒。浮谷看似從小熊的反應及目光察覺到了什麼，問道：

「是妳認識的人？」

小熊並未回答浮谷的問題，而是拿章魚燒塞住她的嘴巴，讓她暫且無法繼續煩人地追問下去。平日三餐總是不定時好好吃，多半都在吃零食的浮谷，明明才剛吃過甜甜圈而已，卻津津有味地在嘴裡滾動著燙口的章魚燒。

小熊拿牙籤戳著自己那份章魚燒，同時再次思索方才所見的事物。

小熊所注視的並不是到神社初次參拜的慧海，而是她身後的東西。

慧海背後有一個幽靈。

14 史

目前為止的人生之中，小熊從未見過不屬於科學或物理學範圍的事物。

即使是到號稱「無論多麼缺乏靈感的人都會感受到異狀」的所謂超自然熱點，她也只會覺得該處是個靜謐的好地方。

本地人多半都會無視於書刊或網路上所流傳的傳聞，將這種場所當成一個家喻戶曉的好去處，舉凡健行、採山菜或小孩子玩冒險遊戲皆合宜。

然而，除了幽靈之外，小熊想不到其他詞彙來形容存在於慧海身後的東西了。

那副雪白肌膚配上黑衣的身影，整體看來好像有一半是透明的。臉部一帶的位置則有著如若黑洞的雙眼，彷彿會吸收周圍燈火似的。

神社用地內是個與非人之物毫不相襯的地方。慧海踩著像是在森林間散步般的腳步悠然行走，而現身在這兒的幽靈則飄飄然地緊跟在她的後方。

小熊心生猶豫，不知道自己該如何是好。假如現在當場衝到慧海身邊去，告訴她說

「妳被幽靈附身了」，一定會被當成怪人。更重要的是，只相信自己雙眼所見的慧海搞不好會大失所望，認為小熊和世上許多僅以模糊印象便妄下判斷並感到恐懼的人一樣。

話雖如此，小熊也不願意就這麼視而不見。內心如是想的她，突然得到了一個不得不行動的理由。

慧海轉過身子，隔著肩膀看向了幽靈。

「小心點，這裡有階梯。」

幽靈那隻有如白蛇的手，纏住了慧海所伸出的手臂。見狀，小熊便把手上的章魚燒塞給社長，小跑步靠近慧海身邊。

當小熊踏出第一步的時候，慧海似乎就從腳步聲察覺了，因此她看向小熊並揮了揮手。另一隻手則是和幽靈緊緊相繫著。小熊盡可能地裝成巧遇的樣子，開口說道：

「妳也來啦？」

慧海簡短地回以一句「是的」，而後微微低下頭說：

「新年快樂。」

小熊才想說怎麼沒聽見先前一直響的除夕鐘聲，結果原來是不知不覺間已經跨完年了。並未事先想好拜年賀詞的她，笨拙地點了點頭，回以一句「恭喜」。

「妳在工作嗎？」

慧海見到小熊的打扮便如此出言詢問。對此，小熊先是再度頷首回應，才把手伸向背後，抓住了邊吃章魚燒邊跟上來的浮谷手臂。

「可能跟妳介紹一下比較好，這個人是我工作的機車快遞公司社長。」

浮谷由小熊後方伸出手來跟慧海握手。這個看起來十分怕生的社長，接觸到慧海的神祕容貌與強勁握力，似乎產生了一點興趣。

小熊望向慧海，接著不時偷瞄在她身後的幽靈。不曉得慧海是否有接收到「我都跟妳介紹社長了，妳也告訴我那位同伴是何方神聖吧」這個弦外之音。

慧海對存在於自然界的危險相當敏感，看來對人類之間的情感也並不遲鈍，只見她拉著幽靈的手說：

「她是我的同班同學伊藤。」

這下子小熊知道後面那個人的身分了。然而，即使近距離瞧向她，小熊那個「怎麼看都像是幽靈」的感想依舊不變。

幾乎要融入夜色之中的漆黑長髮，以及感覺毫無血色的蒼白臉蛋。那雙猶如黑曜石的眼睛看不出情感，唯有紅唇非常醒目。

見到慧海的模樣便略微紅了臉頰的社長，一看到那個名喚伊藤的人之後，登時躲到小熊的背後去了。

小熊不禁尋找起這個叫伊藤的女生是否有雙腿，可是卻被下襬長到幾乎貼地的黑色喀什米爾羊毛大衣擋住了，所以看不到。當小熊伸出手試圖握手時，對方戰戰兢兢地回握而來。糾在小熊手上的手指十分冰冷。

小熊推著仍躲在自己身後的浮谷背部，讓她去打招呼。

「我叫浮谷東，是共同運輸社的社長。」

初次見面時記得不清不楚的社長全名，小熊這時才重新記了起來。她以前聽說過，公司名稱是模仿共同通訊社而取的。那兒過去曾經坐擁速度最快的報刊騎士。

「我是伊藤史。」

慧海在一旁補充道：

「史在通過墓園的捷徑前面怕得不敢走，我看到就把她帶來這兒了。」

伊藤這個女生，的確長得就像是會比別人多看到一些墓園裡所出現的東西。

而後四人並沒有特別繼續閒聊下去，而是慌慌忙忙地完成參拜。小熊側眼偷偷瞄過去，發現史的臉上掛著冷笑，彷彿看得見這裡祭祀的神明似的。

15 新年

結束新年參拜的小熊，和要走路回家的慧海道別了。

小熊原本想說難得騎著ＶＴＲ來，就載慧海一程送她回家，可是望見車子後方安裝著機車快遞用的箱子，就發現根本辦不到了。她目前仍在工作中，連機車也是借來的。

今天認識的慧海同學——史好像說她和慧海住得很近，所以要一起回去。不光是存在，就連她的話語都很稀薄，讓人記不住。即使她和慧海走在一塊兒，也只像是附在身後的幽靈或影子。

完成參拜後拿了甜酒過來的小熊，在停駐機車的社務所後方和慧海及伊藤稍微聊了一下，不過伊藤從不主動加入話題。每當人家向她攀談時，她會立刻窺探慧海的臉色，而後簡短地回以不容易聽清楚的答案，內容也多半都是「不曉得」或「我不清楚」。感覺史很害怕表達出自己的話語或想法。

儘管仍然怕生卻會忽然裝熟，不擅長拿捏人與人之間的距離——這樣的浮谷要來得

好懂多了。

等到慧海和伊藤回去後，似乎因人太多而有點頭暈的浮谷跨上黑色FUSION，一副像是回到自己房間似的，露出一臉安心的樣子。當小熊告知自己要直接騎著ＶＴＲ回家之後，浮谷便背對著她揮了揮手，接著發動車子引擎。

戴上Schuberth安全帽的浮谷踢起側腳架，按照往例對FUSION說了句「回家吧，我的烏鴉」，才轉動節流閥把手上路。

停駐時的FUSION看似對浮谷的體格來說太大台了，不過一旦起步後兩者便融為一體，就像是零件鑲嵌在正確的位置般，在市區發揮出連小熊都追趕不上的鑽車速度。

小熊也跨上ＶＴＲ發動引擎，進行著即使是借來的車子也不可或缺的暖車步驟，同時戴上Arai經典款安全帽。正好就在慧海隨同黑影走到神社用地外的時候——

慧海向通過身旁的FUSION輕輕點頭致意。不論對方是學長姊、教師或某間公司的社長，慧海都不改自己的作風。小熊心想「不曉得後面的傢伙如何」，定睛凝神地觀察著史那副幾乎要融入夜色裡的模樣。

史側著那張有如威尼斯白色慶典面具般的臉，利用人類雙眼所在的兩顆黑洞，看向浮谷騎乘的FUSION。

就小熊剛才與對方交談過的記憶，史並沒有受到浮谷吸引的徵兆。就連小熊在炫耀自己停放於社務所後方那輛借來的VTR時，見到VTR和FUSION的史也是完全無感的樣子，和注意著後箱跟固定帶勝過於機車的慧海互為對比。無論或多或少，女孩都像男孩一樣看到機車或機器人會眼睛一亮，小熊原以為史幾乎沒有這樣的部分。

如今卻不一樣了。原本對浮谷及FUSION都不感興趣的史，此時露出帶有明確意志的目光，望著浮谷所騎的車子。

小熊並不明白這代表了什麼意思。想說她是不是在下詛咒的小熊轉頭望向身後。假如真的是這樣，可能先幫浮谷剛買來不久的車子，還有順帶替本人求個平安比較好。

小熊回想起方才在人山人海的隊列之中慌忙參拜時，自己只投了一枚五圓硬幣而沒有許願。即使自己提出要求的時間點慢了些，依然盼望著這裡祀奉的神明會比公所還懂得變通的小熊，為時已晚地雙手合十了起來。

VTR的引擎也暖得差不多了，小熊便騎著無貨一身輕的車子踏上歸途。她按捺著想以購物或加油為藉口到處閒晃的衝動，回到了日野春站前的公寓。

小熊把車子放在平常停駐Cub的停車場並上了防盜鎖。接著進入房裡的她，吃著遲來的跨年蕎麥麵並看向手機。麵條是她事先買來囤在冰箱裡的東西。

雖然手機裡頭有許多道賀郵件及ＬＩＮＥ訊息，不過比起熟人和朋友，數量是開始騎機車後才有來往的業者比較多。椎也傳了一通標題是新年祝賀的ＬＩＮＥ來，但內容卻是「我好想見妳、求求妳來看我、明天妳不來我會死掉的」這樣的文字。

目前的椎已經過了考前用功的階段，正是要調整身體狀況來面對正式考試的時期。儘管不能在這片寒空及人潮之中帶她四處晃，但小熊認為找個時間去喝杯美味的咖啡，順便露個臉也無妨。

禮子也有捎訊息過來，內容是「分我一顆七十八號的燃油噴嘴！」。對她而言，正月似乎是其他行星所發生的事。如果有多的，給她倒也沒關係。可是小熊的車子歷經搪缸及更換加大尺寸活塞而提升了５％的排氣量後，同時也把使用中的噴油嘴從普通的七十五號加到七十八號了。小熊目前沒有換掉它的打算，因此傳了一則「假如妳要找Cub用的圓形噴嘴，篠先生的店裡一應俱全」這樣的訊息給她。結果禮子回了一句「謝啦！我現在就去拿！」。

雖然那個愛看深夜動畫，平日上午總是昏昏欲睡的篠先生現在八成還醒著，但還真是給人找麻煩——心裡這麼想的小熊擱下手機。

沖過澡之後，小熊再度看向手機。禮子來告知買到了符合自己預期的零件、篠先生捎來流於表面的抱怨，而椎則是連續傳了「妳為什麼不回應呢？」的訊息過來。確定這些聯繫都像付款或例行手續一樣沒有必要回應後，小熊丟下手機入睡了。

16 香甜的咖啡

在睡夢中度過元旦早晨的小熊，中午前起床後便開始騎ＶＴＲ進行快遞工作。

世上有多如繁星的職場得從新年開始上工。不論是小熊或兼任騎士的浮谷社長，都過了一個頗為忙碌的新春。

就在這個接近冬季的時期，太陽早早下山之際，小熊承攬的預約工作告一段落了。她以手機向浮谷社長確認是否還有其他臨時的差事，不過對方告訴她今天收工了。除了特殊情形，浮谷社長很討厭日落後的工作。

小熊將借來工作的ＶＴＲ還到辦公室去的時候，發現浮谷略顯疲憊地在進行文書作業。歸還ＶＴＲ的鑰匙並拿起通勤用的Cub鑰匙後，小熊一併完成了隔天的工作確認。一月二日正好處於年初需求與開工之間的空檔，沒什麼客人來預約。

小熊泡了一杯浮谷愛喝的香甜咖啡。她把馬克杯放在浮谷手邊，即使動作毛毛躁躁的浮谷忽然動起手來也不會打翻的地方。

坐在電腦前面的浮谷，旁邊放著平板電腦。小熊拿起平板觀看浮谷的騎乘距離和委託件數。行程看似並沒有那麼密集的樣子。當小熊猜測浮谷大概是因為文書工作而疲倦的時候，浮谷開口說道：

「我昨天講太多話了。」

昨晚的初次參拜還有認識小熊的朋友，讓這位怕生的社長消耗了建構人際關係所需的卡路里，因而陷入對人的宿醉狀態。浮谷把小熊所泡的咖啡當成解醉酒喝了下去，其恰到好處的甜度及溫暖使她放鬆了下來。

聽到小熊口頭做的下班通知，浮谷面露些許遺憾的神色，說：

「小熊，妳不喝杯咖啡再走嗎？」

望著時鐘的小熊答道：

「我之後還有事。」

不久前才一臉「再也不願意與人交談」的浮谷，露出像是受到咖啡因影響而渴望有人陪伴的眼神說：

「妳要到某個地方去喝好喝的咖啡對吧。」

小熊脫下工作服——那件和附有許多口袋的網狀背心融為一體的機車夾克，換上她

個人的哈靈頓夾克，同時回道：

「或許是苦澀的咖啡也說不定。」

浮谷聽來好似甜膩又像鬧彆扭的嗓音，與咖啡的甜味十分相襯。

「那就不用了。」

表示自己也要關門下班的浮谷，關燈鎖門後和小熊兩人一塊兒離開了辦公室。小熊跨上自己的Cub，浮谷社長則是騎在兼具工作、通勤以及假日兜風用途的黑色FUSION上頭。

「我果然還是只有烏鴉呢。」

開口說話的同時輕撫著車子的浮谷，回到位在辦公室附近的塔式住宅大樓——也就是她家去了。明明她就是因為厭惡父母親的溺愛才會離家開設機車快遞公司，但住處似乎卻是雙親名下的大廈。

小熊也發動車子，往浮谷的反方向騎去。沒能獲得小熊陪伴的浮谷，一副鬧起彆扭的模樣。對此，小熊心想之後再買點什麼伴手禮給她好了。買甜點就好了嗎？不，這個季節應該要買些無人販售所裡銷售的冬季蔬菜，讓她了解一下苦澀的食物有多麼美味比較好。

白天因初次參拜與新年特賣的車陣而相當堵塞的幹道，或許是沒有下班車潮之故，到了晚上就順暢許多，使得小熊能夠暢快地騎在通往日野春的歸途上。

小熊在甲州街道的牧原十字路口轉彎，往自家反方向而去。她側眼望著沒有老師和社團學生的學校，同時爬著平緩的上坡騎了數公里才停下車來。

這裡是烘焙坊BEURRE，也就是椎與慧海的家。為了避免打擾到椎念書應考，小熊自從去年聖誕節之後就鮮少造訪。然而，捱不住孤獨苦讀的椎，在新年給小熊捎了一通訊息來。

面對一旦寂寞就會立刻找自己哭訴的椎，小熊平時都是隨便打發掉。可是，假使椎為了自個兒所選的未來，不惜忍受著濃縮咖啡的苦澀也要利用它來提神用功，那麼小熊就打算幫她喝掉半杯。

下車的小熊打開店門後，聽見引擎聲響接近而察覺的椎，便撲到了她的懷裡去。

「妳來見我了！」

椎以嬌小身軀雙手環繞著小熊的背，還把臉頰湊在她的胸口。見狀，小熊首先開口問道：

「慧海在嗎？」

椎那雙纖細卻又意外有力的手臂，緊緊勒著小熊的身體。

17 德州式墨西哥菜

半鬧著彆扭的椎告訴小熊，慧海外出了。

慧海原本並沒有把家當成一個可以放心居住的地方，而是類似轉移陣地前會經過的物資囤積處。自從椎透過姊姊的強權和跪地痛哭這兩招，規定慧海早晚必須和家人一起吃飯後，晚餐時間她就都會待在家裡了。

回家吃晚飯前，慧海經常會跑到外頭在山林裡徘徊，有時候也會等吃過飯之後才出門，或兩者皆是。

椎的雙親知道小熊要登門拜訪，便煮了晚餐等候她的到來。聽到這件事的小熊，決定接受他們的招待。

當小熊在咖啡廳的內用區喝著椎父親所泡的特調咖啡時，廚房傳來一陣香氣。才剛過年就冷得難受的今晚，椎的母親要為大家做德州式墨西哥菜——也就是美國化之後的墨西哥料理。

「妳幹嘛心神不寧的呢？」

坐在圓桌對面的椎，揚起目光看著小熊提問。對此，小熊望向窗外答道：

「以前我品嘗的時候聽說店裡的辣醬尚未完成，所以我很期待今天的份。」

椎伸出手指戳著小熊的臉頰，說：

「少騙人了。」

反覆試吃的椎母親說了聲「好」，接著端了一只琺瑯燉煮鍋來。小熊的目光投向店面入口，和送上桌來的辣醬是反方向。

這道腳步聲安靜到不像平時那雙厚底戶外鞋。由於她隨時空出右手，所以是用左手開門。儘管她沒有魁梧到會卡在入口，進屋時的動作卻總像是把身子擠進狹窄處似的。

「歡迎回來，慧海。」

見到小熊的臉龐，慧海放緩了眼角。

做登山褲和連帽外套打扮的慧海，先回到自己的房間換上橘色休閒衫及工作褲才出來。見到小熊拉了拉身旁的椅子，慧海向她簡短道謝後便坐下了。

坐在對面的椎自從進入寒假後就一直窩在家讀書準備考試，只見她穿著一套老舊的水藍色運動服。從今年起就讀紀尾井町一所大學的外文系是她的志願。假如她上大學後選擇了需要穿白衣的理組而非文組，是不是會變成一個無論在宿舍、外宿和通學時都成天穿著運動服過活的女人呢——小熊如此猜測。

小熊想像起椎穿著運動服在東京都心街頭走路的模樣，差點笑了出來。見到小熊看著自己微笑，椎簡直像是被稱讚說「幾天不見的妳真漂亮」似的紅著雙頰並低下頭去，再以指尖整理因閉門不出的生活而有些凌亂的頭髮。

等到椎的雙親就位後，大夥兒便開始享用這頓德州式墨西哥晚餐。以辣醬為主的餐桌上，擺了類似春捲的安吉拉捲、以玉米粉製成的麵食——墨西哥薄餅，還有用野米這種口感與稻米相似的水草種子做成的墨西哥香料飯。這些菜餚既嗆辣又令人食指大動。明明是炎熱國家的料理，不知為何卻很奇妙地與日本的冬天融合在一起。當小熊吃膩了平淡的年菜時，椎的母親挑這些菜色來做的品味，實在令她感到佩服。

小熊記得，從前曾在這兒吃過的番茄辣豆醬儘管號稱尚未完成，可是卻美味極了。而今晚端上桌的，是燉煮牛肉及辣椒的德州辣醬。無論它好不好吃，肉塊的鮮味和辣椒的辣味，就是會有種挑動人們生命力的味道。

慧海不把嗆辣當成一回事地靜靜吃著，椎則是在大快朵頤的同時直嚷著辣辣辣，還

不斷冒汗。

吃著辣醬的小熊，不時喝著佐有檸檬片的氣泡水。見狀，椎的母親向她說道：

「妳不就讀山梨的大學，真的很教人遺憾。」

小熊先是吸口氣緩和被辣到發疼的口中，之後才回答：

「因為我沒有什麼選擇的餘地。」

開出獎學金這個條件吸引人前來的學校比比皆是，小熊她也不太清楚自己為何要選擇東京的大學。「老師所帶來的消息，條件很好又具有魅力」固然也是理由之一，不過小熊正是因為目前的環境相當舒適，才會盼望動身前往不同的地方。

騎乘Cub令小熊明白到，即使佇足在一個好地方，一旦停下動作，自己就會變成一個不再成長的人。

「上大學之後妳還願意到這兒來嗎？」

椎的母親偏過頭詢問。這個動作讓人感受到她與椎之間血脈相連。

「在我找到人能夠做出比這還好吃的辣醬之前，我都會來。」

直接拿瓶子飲用可樂娜啤酒的椎父親，邊笑邊咳嗽。

「既然如此，應該暫時沒問題吧。」

接著，他遞出自己在喝的啤酒瓶，說：

「再過不久……很快就能和妳一起喝這玩意兒了。」

小熊拿自己的氣泡水玻璃杯，輕輕碰觸可樂娜的瓶身。

「就算不會喝酒，我也會來的。」

椎的父親高舉起酒瓶，母親也把手上的酷爾斯啤酒罐碰了過來。

「乾杯，吾友（Meine Freund）。」

18 橙肉網紋洋香瓜

當晚餐時間結束，甜點端上桌的期間，椎向小熊問了一件剛剛就很在意的事。

「禮子呢？」

「她今天不會來。」

禮子已經透過小熊，向禮子的雙親傳達自己會缺席今日的派對一事。

小熊在前往BEURRE之前有再度撥了一通電話給禮子，不過她當時在調校Hunter Cub。而且是調校工程中最為精密且纖細，需要沒完沒了地反覆操作的燃料調整。

在汽機車的世界中「調校」被當成提升馬力之類的意思使用，但它原本的意義和樂器的「調音」一樣，都是指調整作業。禮子一旦開始動手處理燃料、進排氣閥以及懸吊系統，經常都會廢寢忘食地投入其中，並取消掉其他所有外務。

表示「車子動不了也不會死」的小熊，像這樣把不惜逃學的禮子給拖走的狀況發生過不只一兩次。而每次遇到這種情形，禮子都會厭惡得像是自己的心臟或呼吸器官遭人奪走一樣。

認為「只要朝思暮想著機車，感覺就無憂無慮的挺不賴」的小熊，將注意力切換到眼前這個長得像西洋南瓜的深橘色哈密瓜上。

根據椎的母親所言，這種叫橙肉網紋洋香瓜的哈密瓜，甜度足以和麝香哈密瓜匹敵，在美國是種能夠在快餐店或咖啡店吃到的大眾品種。然而，由於它採收下來的後熟期間只有大約二十四個小時，因此在日本只吃得到加工產品或空運快遞來的產品。

把義式渣釀白蘭地——這種利用葡萄酒渣製成的酒灑在自己那份哈密瓜之後，椎的父親搖搖頭說：

「因為禮子是個愛上了Hunter Cub的女人啊。當我那輛MINI的化油器出狀況時，我也會想丟下工作休息。」

每次禮子出現都會遭她上下其手或調戲的椎，臉上掛著看似放心又像不太盡興的表情。對機車這項陌生事物產生興趣的慧海，向小熊問道：

「小熊學姊，妳也有曾經那樣子過嗎？」

小熊不太願意和那個笨蛋相提並論，不過她姑且毫不保留地把事實告訴了慧海。

「有。」

吃網紋洋香瓜吃得嘴邊骯髒不堪，吃相實在不怎麼優雅的椎喃喃說道：

「真希望妳把面對Super Cub的心意分一點給我。」

椎的母親拿前端呈鋸齒狀的葡萄柚匙挖著洋香瓜，嘻嘻笑著補充道：

「當我的雪佛蘭壞掉時，我會交給車廠就是了。畢竟韋伯化油器只有專家才處理得來，而且我的車廠會提供科爾維特讓我代步，所以我會忍不住期待著駕駛它。」

「我懂。」

回憶起從前拿車去搪缸時，騎篠先生出借的Press Cub這件事，小熊笑了出來。那輛送報Cub各處都用上了強化零件。小熊固然對其構造感到興味盎然，但最重要的，是藍色車身和自己那輛綠色Cub不同，會令她像是換穿同款不同色的衣服般雀躍不已。

椎的父母露出了看向同類的眼神。小熊心想，自己大概處於他們雙方中間吧。椎的父親很開心地遞出了山梨縣產內田渣釀白蘭地的瓶子。考慮到回程還要騎車的小熊婉拒了，不過她請椎的母親淋了一點楓糖醬在洋香瓜上頭。椎的母親所拿出來的這種醬，是將人工採集而成的純淨樹汁煮沸後才端上桌，散發出彷彿品嘗著整棵楓樹的香氣。

吃完香甜的洋香瓜當點心，喝完椎堅持自己動手泡的卡布奇諾，小熊以明天還有工作為由，鄭重地謝絕了椎雙親要她住一晚的好意，而後站起身來。

巴著人家不放，試圖以強硬手段挽留小熊的椎，腦袋瓜給她摸啊摸的就睏起來了。

當小熊把雙腳虛浮的椎帶回房裡去之後，她便乖乖地入睡了。

向椎的雙親道過今天這頓晚餐的謝，小熊便走出店外，前往自己停駐在店面後方的Cub那邊。就在她跨上座墊並從口袋裡取出鑰匙時，慧海現身了。

「小熊學姊，我想稍微和妳聊聊。」

小熊重新在機車座墊上坐好，回答道：

「今晚我就是為此而來的。」

慧海露出有如暗夜猛禽的眼神，望著小熊說：

「是關於史的事情。」

慧海以指尖碰觸著小熊所騎的Cub，同時說道：

「我們邊走邊談吧。」

小熊依照慧海所言，踢起腳架後開始推著車走。

19 最大與最小

慧海總是自然而然地配合著小熊的步調。

她並未從後方幫忙推車。慧海對機車不熟，不過很清楚那樣是在多管閒事。

人在前面的小熊，在隨後跟上的慧海引導下，漫步在縣道。並非前導，而是從後方引路。對小熊來說，慧海是少數辦得到這件事的人。雖然她沒有決定該走哪兒回去，但透過後照鏡看向慧海便明白了。

儘管是隆冬時期的深夜，走在路燈完善的縣道上也不成問題。小熊身上的衣服是以暴露在寒風之下騎車為前提所選的。而她基於機車騎士的習性，下意識地以鞋底摩擦柏油路時，發現路面並沒有凍結。也許是因為即使氣溫低於零度，但今晚空氣很乾燥的關係吧。

小熊望向道路左右兩側，縣道外是一片漆黑。白天是整片農田和民宅的空間，此時看起來只像是一塊黑色物體。

縱使如此黑暗，但只要利用Super Cub的頭燈一照，就能照亮自己應當前進的道路。近來汽車會配備氣體放電式前照燈或霧燈，機車則會採用LED或多重反射鏡面等新世代頭燈。和這些燈具相比，儘管愛迪生在百餘年前發明的鎢絲燈泡亮度差強人意，卻足以改變自己的世界，能夠騎乘Cub馳騁在未知的黑暗中。

眺望著黑暗好一會兒的小熊，回想起自己三更半夜推車走的目的，於是開口說道：

「妳說要和我聊聊那位同學的事，對嗎？」

透過後照鏡，小熊見到慧海點了點頭。即使受到路旁販賣機散發的冰冷白光照耀，那副模樣依然使人感受到生命力。

「小熊學姊，我想請妳提供建議。」

慧海看似不需藉助任何人的力量就能活下去。受到這樣的她請求協助，小熊內心覺得挺不賴的。小熊回過頭看向慧海，催促她說下去。

「史她正以最低限度的力量活著。」

小熊原先覺得，那個彷彿黑色幽靈一般的女人，就連是不是一個雙腳著地的活人都很可疑，想必她的存在接近生者與亡者的界線吧。感覺到賽之河原去隨時都會遇上她這

種人，卻也令人提不起勁和她寒暄，聊著「妳是幹了啥蠢事才翹辮子的？」。

「過去我一直致力於『發揮自己一切所能活下去』還有『提升自己的極限』。藉由不同方式活著的史，讓我感到非常有興趣。」

這番話讓小熊體認到，完全無法理解慧海話中之意的自己有多麼愚昧。可是，就算不曉得答案，倒也不是沒有辦法推測出通往解答的道路。

「那就像是Cub一樣。」

不論視為機具或機車，小熊所騎的Cub都只擁有最低限度的力量。勉強能夠跟上幹道車流的引擎，以及舊世代車體。小熊很清楚，世上還有一大票馬力更強、配備性能更好的機車。

然而，小熊的Cub運用著那份最低限度的性能，完成了許多大馬力機車所辦不到的壯舉。

慧海伸出手，碰觸著小熊的機車說：

「我想說，騎著Cub這輛小小機車的妳，應該曉得史的人生還需要些什麼。」

小熊看著重到讓人不想推著走的Cub。不光是舊式沖壓鐵板車身的重量，養車的必要開銷和上路的風險，隨時都在給小熊的身子造成負擔。小熊把自己透過先前經驗所獲得的想法告訴了慧海。

「既然那個叫史的女孩目前憑著最小的力量就能順利過活，那麼最好維持原狀，不要做任何改變。」

小熊覺得，過去自己騎車能夠活下來，理由之一是並未胡亂改車。

就算隨意改造會使各個零件的性能提升，零件本身卻會成為強度或耐久性當中的弱點。大多數人騎乘的原廠Cub，和每輛規格都不同的改造Cub，在障礙排除時的知識累積方面將會大相逕庭。

最起碼，覺得懸吊系統太弱就立刻換上強化配備，認為馬力不足就無止盡地改造引擎的禮子，曾有許多次因此自食惡果，差點踏上黃泉路。前些日子也一樣。感覺燈光太暗的她替車子加上了輔助燈，結果利用便宜安裝架硬是裝上去的燈具在林道噴掉後撞上樹木，就這麼直接彈回來打到她的頭。

想當然耳，禮子把險些害死自己的輔助燈撿了回去，利用強度更高又帥氣的安裝架重新換上了。

聽聞小熊這番話，慧海搖了搖頭。慧海漾著憂慮的神情，映照在後照鏡上。見狀，

小熊興味盎然地心想：原來看似洞悉一切又無所不知的慧海，也會露出這樣的表情嗎？

「史那份最低限度的力量，偶爾會在克服世上諸多阻力或障礙時碰上困難。」

說著說著，慧海從登山連帽外套的口袋裡，拿出最近剛買的CAT智慧型手機。小熊透過最近自己拿手機看的網路新聞，得知那支手機被卡車輾過也不會壞。而且它不僅有智慧型手機的基本功能，甚至還有熱顯像儀，因此很受派駐中東的美軍歡迎。光是看到這篇報導，禮子就認真考慮起是否要買來替換了。

慧海操作手機輸入了某些文字後，再次將它收進口袋裡。接著，她手指向行進方位的斜前方。

那是一棟被海鼠牆環繞的偌大獨棟建築。小熊跟著慧海的引導繞到遼闊土地後方，便發現後門前面有一道人形黑影。

見到史這個怎麼看都像是和舊式日本宅邸如影隨形的幽靈，慧海向她揮了揮手。

史的打扮就和初次參拜那晚碰面時所穿的一樣，是黑色長版大衣。洋裝的顏色——尤其是像黑或白這種單純的色調，有時會令小熊懷疑，色彩的力量是否與素材價格成正比。

感覺高級得可怕的喀什米爾大衣，與其說是融入黑夜，看起來更像是吸收並奪走夜晚微幅存在的自然及人造光源。

小熊捏起自己身上那件美軍戰壕大衣。這件能夠輕鬆套在制服上頭當雨具的二手大衣，是她在去年梅雨季時買下的。由於只要裝上內裡就是一件優秀的禦寒配備，冬天外出到附近時她也經常會穿。全新的時候應該是深藍色的大衣，整體顏色都褪得十分黯淡了。它的前主人似乎過度信任這種棉布耐用且厚實的程度，並未好好保養和反覆洗滌才會變成這樣。

從前見到史時，對她所抱持的第一印象令小熊確認過她是否有雙腳，最後卻依然不

得而知。小熊心想，騎車時那件大衣的下襬會很危險。操作車床或捲揚機的作業員因為沒有確實把上衣下襬塞進褲子裡，而被捲入轉動的機件中導致死亡的意外，小熊聽過無數次了。至少在騎車時的性能方面，小熊認為自己那件構造上可以收緊袖口或腰身的戰壕大衣比較優秀。不過那種會穿喀什米爾大衣的女人，想必擁有其他衣服用來應付高風險工作吧。

小熊把手插進大衣口袋，同時對史開口：

「慧海說想讓我和妳見見面。」

從偌大日式宅邸後門走出來的史，看似對高她兩個年級的小熊所發出的不悅話語感到恐懼，而試圖縮回後門去。小熊覺得自己好像在揮舞著佛珠驅魔的樣子。

手擱在小熊肩膀上的慧海，向史說：

「我們去散一下步吧。」

史的嘴巴綻放笑容。她長長的黑髮似乎和喀什米爾大衣帶有類似的效果，使得小熊看不清楚她的五官，但小熊其實也不怎麼想看。

從前，小熊曾在工作地點和一位身兼機車快遞和靈車駕駛二職的人聊過。當附近醫院同時出現好幾具遺體時，他會和同一所公司的靈車駕駛競速，或是拿以前載過的屍體開玩笑。儘管開朗的職場不若人們對殯葬業所抱持的印象，不過這位駕駛卻說：假如負責處理的遺體眼睛沒有閉起來，就絕對不能和他對上眼。不然會難忘到三天都睡不著。

史的雙眼想必就和缺乏生命力的她一樣，是一雙讓人看了會折壽的眼眸吧。

小熊、慧海與史並肩走在這條空氣緊繃又澄澈的寒冬夜路上。現場氣氛似乎並不是要沉浸在這份不發一語的靜謐之中，慧海在三人開始邁步不久後便開口了。

「我呀，經常像這樣和史一起在外頭散步。」

小熊點頭回應。只要一字不漏地聆聽慧海所說的一切，那麼大半夜散步的理由一定會昭然若揭吧。小熊所知的慧海惜字如金，不過該講的話卻不會有任何保留。

「史是個閉門不出的女孩。放學後她就會一直待在家裡無所事事。升上高中後，有陣子甚至連上學都有困難。」

小熊隔著慧海的肩頭窺探史的反應，卻被以女生來說相當高挑的慧海給擋住而看不見。只是，史的體格明明比身高超過一百七十公分的慧海還小了一圈，卻散發出某種巨大又漆黑的存在感，甚至足以遮蔽慧海整個人。

「看到史好不容易來上學，我便對這個以最低限度的力量生活的女孩產生了興趣。

和她聊過幾次後，我逐漸了解她了。」

慧海說了下去。講話總是簡明扼要的她，不知為何感覺比平常來得多話。

「史慢慢會找我說話了。她的生活、飲食，都讓我覺得很有意思。這時我才知道，每天到學校去當個平凡女高中生的生活，使她感到痛苦。」

慧海將視線投向小熊，於是小熊便在縣道上拐了個彎。當三人走進鋪著細碎砂石的捷徑時，四下就被黑暗給籠罩，看不見任何路燈。

「我開始會在放學回家的路上帶史去散步。為了改變缺乏能力活下去的自己，她也期盼著和我並肩同行。」

在這條未鋪設柏油的道路上，小熊推著需要點體力才推得動的Cub，勉強跟上慧海的速度。比起小熊，慧海看似更留意史的腳邊。

「我有聽史的雙親說，她打從國中時期就是那樣了。當她身體狀況好轉的時候會到學校去，然後因此耗盡體力，反覆過著這種一上學就請假的生活。」

史那份有如風中殘燭般的渺小生命力，在「隨著長大成人而增加的變化」這股風浪吹拂下，不斷搖曳著。小熊對慧海說：

「我明白這個叫史的女孩弱不禁風了。但我只懂得一種使人變強悍的方法。」

小熊以掌心拍了拍自己的車。目前仍然沒有發動的Cub，讓推車走的小熊做著強度比單純競走還要高的運動。

「我就是希望妳傳授那個方法。」

慧海停下了腳步。捷徑的盡頭是一棟生鏽的組合屋倉庫。小熊獨自騎車時看過好幾次，這是前方遼闊的果樹園地主所設置的管理小屋。從前這裡有著現採葡萄的即售處，不過附近蓋好全新的輕型鋼筋事務所後，目前銷售和入園管理都在那邊進行。

史由大衣口袋拿出鑰匙，插進組合屋倉庫鐵門上的鎖頭並轉動。慧海輕輕鬆鬆地開啟了發出沉重噪音的大門。小熊定睛凝視起倉庫裡那片黑暗。

慧海的手伸進連帽外套口袋裡，取出手電筒照亮內部。

如果是連續劇的話，這兒會隱藏著屍體，而自己也會被當成共犯——心裡想著這種發展的小熊望向裡頭，發現了類似的東西。小熊即將明白慧海想表達什麼，還有她帶自己來此的理由。

倉庫之中擺著一輛老舊的輕型機車。

21 倉庫之中

發現倉庫天花板裝設著日光燈的小熊，找出配電盤開啟斷路器開關，接著拉動天花板的繩子點亮燈具。

史驚訝得瞠目結舌。看來她並不曉得這裡還有通電。

日光燈照得燈火通明的室內停放著三輛機車，它們全都是輕型速克達。而四周圍繞著似乎是用在果樹園裡的農具和搬運籃。

慧海走向其中一輛。這輛本田Dio上頭蒙著些許塵埃，不過還保留著原貌。一旁的DJ－1可能擱在會漏雨的位置，所以長滿了青苔。另一頭的Tact儘管車況看似良好，可是就小熊所知，這是輛三十多年前的車款了。

這些車全都是本田生產的。都市在唾手可得的範圍內有著國內各家公司的經銷商，但偏鄉可不一樣。因此民眾選購的機車廠牌，往往會是距離最近的代理商，這也不是什麼稀奇的事情。

小熊蹲在Dio前面，說：

「妳要我怎麼處理它？」

慧海靜悄悄地站到小熊身旁。

「我要修好這輛輕型機車，所以想拜託妳協助。」

小熊在Dio四周晃了一圈，同時答道：

「這我辦不到。」

雖然這輛Dio外觀骯髒不堪，就小熊所見卻沒有任何零件缺漏，時速表的里程也才跑兩千公里出頭而已。小熊在篠先生的店裡保養Cub的時候，也曾經協助他修理客人所留下的Dio。正因如此，她很清楚這輛速克達的內部發動機和構造。

「它的引擎型式、驅動、車架、電系都和我的Cub截然不同。我完全不曉得該怎麼修理才好。」

漫步在倉庫裡的小熊側眼看向慧海，她的神色沒有絲毫變化。然而，小熊與她的交情並沒有淺薄到會沒發現那張臉上所顯現出的些微憂慮。

人在倉庫門口觀望著兩人交談的史，臉上沒有任何波動。為了改變閉門不出的史，慧海將某些希望寄託在這輛輕機上，她卻一臉不論車子怎麼樣都無所謂的表情。

搞不好自己能獲得一個嶄新的世界。原以為來到了伸手可及之處，東西卻在眼前被人拿走了。她的模樣看似已經習慣了這種倒楣的情形。

小熊回想起自己和史學年相同時的狀況。她認為自己的臉色沒有那麼鬱悶，不過感覺高中生活不怎麼有意思。

在倉庫四下走動的小熊停下了腳步。注視著羅列在此的果樹園設備，小熊背對著慧海說：

「不過，或許我知道這個怎麼處理。」

用不著望著她的臉，小熊光憑呼吸就察覺到慧海心生疑問。史取而代之地問道：

「我想那應該是耕田用的機械。」

小熊對慧海使了個眼色。慧海在滿是障礙物的倉庫中，隨即來到小熊身旁。她們兩人合力抬起沉重的機械。

光是為了仔細觀察狀況而把機械抬到倉庫中央的室內燈底下，就讓小熊累到手臂都快嘎吱作響了。慧海露出大氣都不喘一口的模樣，興致勃勃地看著小熊接下來要採取的行動。

在回答慧海和史的疑問前，小熊先是從牛仔褲上的腰包掏出手機來。她開啟人數不多的通訊錄，點擊最先登錄——正確來說，是被逼著登錄的號碼。

鈴聲響了十來次之後，對方才終於接聽。那與其說是回應聲，在小熊聽來更像是山林野獸的低吼。

「妳調校完Hunter Cub了嗎？」

禮子回覆的語氣，彷彿像是曾經身為人的猛獸回想起人話似的。

「剛剛弄完，我現在要睡了。敢吵醒我就宰了妳。」

保養車輛時會廢寢忘食的禮子，一旦收工及試騎結束後，就會變得像具空殼一樣。小熊造訪禮子的小木屋時，有好幾次都碰見她倒臥在室內的維修空間前面，只得把她踹到房間角落去，才能開始調理特地帶來的食材。

「妳馬上過來。」

小熊並未聽見回應，取而代之地傳來的疑似是鼾聲。小熊的話語似乎沒有傳達到接個電話就耗盡體力的禮子耳中，因此她決定下一劑提神猛藥。

「一個有趣的東西正在我眼前。」

補充完代表那件事物的單字，小熊不等禮子回應便掛斷了電話，而後望著面前的機械綻放笑容。車身看似是以沖壓鐵板打造的箱子，塗裝則是經常用在重型機具上的鮮黃色。的確，只要缺少前後輪和轉向把手，它怎麼看都像是農機或建築機械。

小熊輕輕地撫摸著本田Motra的座墊。

22 幽靈的機車

正當小熊在倉庫裡四處尋找，挖出它被拆卸掉的前後懸吊時，禮子過來了。

Hunter Cub於倉庫所在的果樹園入口急煞的聲音，感受得到她的慌張與亢奮。

「妳說有Motra在這兒，是真的嗎？」

回應無須言語，只要伸出拇指指著倉庫正中央所擺放的機械就綽綽有餘了。望見長得像剪枝機或脫穀機的車身，禮子雙眼熠熠生輝。

不出小熊所料，她在車體附近挖出了懸吊和把手零件。

因常常上路所造成的劣化或意外損傷，或者單單只是因為見異思遷而不再騎乘的機車，經常會在拆解過後收納在倉庫一角，不會被處理掉。有如車主的眷戀具體化之後的機車殘骸，多半都會集中在一個地方保管，彷彿像是對自己未能繼續騎乘的那份不成熟逞強一樣。

「總有一天我會修好再騎的。」

以鐵塊和塑膠所製成的機械，無法避免年久變質。那句話大多會隨著車況一塊兒腐朽，進而被遺忘。然而，像機車這種感情會比其他生活器具深厚的機械，有時會成為極其罕見的例外。

大致挖掘完零件的小熊，在手機上頭顯示出本田Motra的圖片，同時檢查起各個部位。小熊見到開始浮現鏽斑的車體時有不好的預感，不過查著查著她就發現到，它是輛是全新買來騎沒多久就立刻棄置的機車。

就從被拆下的把手時速表下方的里程計來看，它僅僅跑了五千公里多一些。如果是和Super Cub同樣的本田五〇cc橫置引擎，那麼正好是完成初期訓車的時候。

又是抬起又是翻動車身的禮子，喜出望外地說：「它幾乎沒有缺零件耶！」她散發出一股要直接把車子給扛走的氣勢。

望見禮子與小熊對倉庫角落的棄置機械感到興奮，史的眼神像是在看什麼奇妙的東西似的。站在小熊的角度來看，在一月的深夜寒風吹拂下連個哆嗦也沒打的史，才更令人費解。

漂浮在這兒的黑衣女子，想必跟寒冷及乾燥這些生物會感受到的痛苦身處不同的世界。假如她的身體構造近似於人類，那麼心跳和血流鐵定設置在生活所需的最低限度，會流失的體溫也調整得偏低吧。

平時就有鍛鍊體能、蒐羅裝備以面對嚴寒及酷暑的慧海開口說道：

「這輛輕型機車修得好嗎？」

小熊正在慎重地調查橡膠零件的劣化，於是禮子代替她回應。

「車況非常好，應該花不了太多時間金錢。」

引擎鑰匙有以膠帶黏貼在轉向把手上。利用它打開油箱蓋的小熊，聞到變質的汽油味不禁皺起臉龐，但意識到慧海目光的她，勉強讓自己回復往常的平靜表情說：

「今晚能做的只有當場檢查車況。這輛Motra的車牌登錄情形如何，我得見到車主來確認才行。」

慧海面露「既然小熊這麼說，那也沒辦法」的神情，而史在她身旁操作著自己的手機。經過一段短暫通話後掛斷手機的史，窺探著小熊等人的臉色道：

「爸爸說現在也沒問題。」

小熊望向手錶，掩藏迫不及待的心情。時間已經漸漸來到一月一日的尾聲了。

「我們走吧！」

像這種時候，不太重視禮儀的禮子真是大有助益。小熊雖然認為禮節很重要，卻也不見得會把優先順序排在機車前面。

史的家位在距離果樹園徒步五分鐘左右的地方。小熊、禮子與慧海就這麼動身前去了。

姑且顧慮到現在是深夜，小熊跟禮子都是推車走，而慧海則是推著既已裝上前後懸吊機構和轉向把手的Motra。慧海像是當成腳踏車還什麼似的，一派輕鬆地推動車高比Cub低且沉重，而且鍊條還生鏽的Motra，帶領著小熊及禮子到熟悉的史家去。

Motra厚實笨重、慧海身輕如燕，小熊覺得兩者間的反差相當搭調。對於機動力不如人類雙腿的汽機車及腳踏車，慧海都敬而遠之。不管小熊再怎麼展現Cub帶給自己的改變，她都不曾對輕機產生興趣。然而，搞不好Motra可以令慧海回眸一顧。

眾人來到四周有海鼠牆圍繞的史家了。剛才走的是後門，現在則是以客人的身分被邀請進入結實的橡木門裡頭。家裡只有史的父親一個人在。

小熊等人與史的父親，在這間擺著厚重實木桌的起居室裡碰面了。

「很抱歉，內人正好外出旅行，我只能招待各位吃吃茶點。」

史的父親笨拙地把茶和日式點心擱在桌上。他給小熊的第一印象，是個大正到昭和初期的文學家。

他有著一頭不修邊幅的花白髮絲，以及凹陷的臉頰和了無生氣的雙眼。褪色的藍色和服便裝之下的身軀，瘦到肋骨都浮現出來了。擺著五杯茶的托盤重量，使他的雙手顫抖不已。

覺得浪費時間講客套話或閒聊反而失禮的小熊，開門見山地進入了主題。

「這麼晚來打擾，真是非常抱歉。我想請教您一些關於倉庫裡那輛輕機的事。」

已經聽史提過的父親，拿出準備好的資料說：

「我的工作不分晝夜，請不要在意。」

嚼著人家請的芝麻大福，禮子毫不客氣地問道：

「你是做什麼的？」

這時，小熊篤定這個女生叫禮子根本名不副實了。大概是公所的疏失，導致應該取名為無禮子的她，登記成禮子這個錯誤的名字了。

「我是陸上自衛隊的三佐（註：等同於中華民國國軍的少校），在軍樂隊負責吹奏長

號。」

史的父親放緩了表情。小熊原先以為他可能希望人家深入詢問工作細項，不過這個想法卻被小熊的疑問給抹去了。就她所知，管樂手很講求體力。就憑那副骨瘦如柴的身子，有辦法勝任嗎？

「擱在箱子裡的那輛輕型機車已完成報廢手續，要重新登錄也可以。但它已經不會動了。」

小熊喝了一口香氣與味道都和平日茶飲有著天壤之別的玉露，說：

「那輛Motra還能騎喔。」

小熊要禮子接著講下去。

「它不但沒有缺件，而且萬一零件停產會導致維修不易的車體及變速裝置也都狀況良好。電系反正會從現在的6V統統換成12V，所以掛了也沒問題。報銷那輛車實在太浪費了。」

史的父親點點頭，把文件塞給小熊她們。

「我知道了，那輛輕機就隨妳們處置吧。有任何需要我都會幫忙。」

小熊與禮子先以目光誇耀勝利，再一起看向史。

「那麼，妳出得起多少錢？」

史過意不去地拿起錢包統統倒出來，裡頭全部只有一張萬圓鈔票和幾張千圓鈔。

看來這個家平時不會用錢寵孩子。史看著手邊的現金，又面露幽靈的微笑。那是一副長期習慣於失望和死心的模樣。

小熊與禮子數著從史手中收下的現金。史的父親似乎看不下去，於是站起來從衣櫃抽屜拿出了自己的錢包。

禮子對小熊說：

「綽綽有餘呢。」

計算著必要開銷的小熊回：

「而且還有找。」

慧海嘻嘻笑著。史的父親掛著不敢置信的表情，而史在他身旁浮現出既像是安心，又像是心願已了而即將消逝的笑容。當受詛咒的夜晚過去，幽靈照到太陽的時候，就會露出這種神情。

尚未拆開引擎查看，現在高興還太早了——儘管如此心想，小熊依然決定要修好這輛和史很不搭的Motra了。

23 錢的問題

過了午夜。

史的父親工作不分晝夜，而史感覺比起白天更適合活在夜晚的世界，他們兩人都不見睡意。方才因為有機會把玩稀有機車而興奮的禮子也呵欠連連，看來短暫亢奮所造成的提神效果結束了。

慧海在寒假期間晚上會四處走動，不過這個時刻大多已經回家了。只見慧海反覆調整著呼吸，似乎也注意到自己體力漸漸不支。最重要的是，小熊睏得不得了。

讓動彈不得的Motra重新上路可不是她的工作。小熊不能熬夜無償協助，導致影響到明天之後的打工。

總之，能夠動用的預算已經清楚明白了。大致決定如何分配後，她就要回去了。

史手上有一萬數千圓。Motra本身的外裝和發動機都沒有缺損，輪胎狀況也良好，應該不需要大規模更換零件。電系方面視情況不同，或許維持舊款Cub機車用的6V不要更動比較好。就算發現了年久失修而無法使用的零件，小熊或禮子手邊也有一大堆多餘料件能挪用。

換言之，實質上不花一毛錢就能讓那輛Motra再次啟動。頂多只需要汽機油、潤滑油和清洗劑等油脂類物品。

像是一般家庭的屋簷下或商店停車場之類的地方，世上到處都有廢棄輕機。只要多少會修車的人稍加處理，它們就能再次運作了。剛剛農機倉庫裡那幾輛速克達應該也一樣。其中小熊和禮子有相關維修知識的，就只有包含引擎在內，和Cub有諸多共通零件的Motra。

只不過，基於日本的道交法及車輛法規定，要讓修復後的Motra實際上路，可不僅有那樣的開銷。

習慣辦理各種輕機手續的禮子，提出了三個項目。

「首先是登錄、保險，還有駕照。」

小熊已有自己辦過車籍登錄和考取駕照，因此費用她大概估得出來。儘管登錄輕機所需的汽賠險價格偏高，一年份也沒有貴到哪裡去。問題在於任意險。

即使是輕機，汽賠險這種強制險也賠不起不幸發生意外時的補償。禮子所加入的保

險，還有小熊因費用問題而選擇的互助保險都有依年齡訂定等級，未成年人士會被課以高額費率。

史的父親在聽著眾人交談時，似乎開始有意修復Motra了。加入對話的他指著窗外的舊型Gloria廂型車說：

「是不是能夠利用我那輛車的家庭機車特約呢？」

小熊和禮子面面相覷。她們倆都未與家人同住，所以沒想到這點。小熊立刻拿車輛保險契約來看，上頭寫著可以獲得人身及財物等完整的補償。猜想是否有必要將車子登錄在父親名下的小熊仔細一讀合約書，發現只要是同住的家人，無論幾輛輕機都是賠償對象。

慧海以手機連到保險公司網站，閱讀比合約簡略的家庭機車特約說明，結果上面也刊載著相同內容。保障立約人和同住家人而非車子的這項合約無須登錄車種，只要是輕型機車就是賠償對象。這玩意兒往往會被輕機愛好者拿來當作擁有多輛機車的理由——或說是藉口。

這下子費用占比最高的保險金全都省下了。小熊跟史的父親拿了張便條紙，以自己的筆謄寫費用。果然，就算給車子申請牌照，以及讓史考輕機駕照，都還剩下不少錢。

小熊憑著記憶和手機資訊列出金額，於是史的父親指著登錄和考照的項目說：

「如果包含代書費用，還會再多一點吧？」

小熊略作思索後搖頭否定。禮子也微微一笑。

「不需要。」

雖然可以委託代書製作考照及登錄文件，陸運分局周遭也有這樣的業者在做生意，可是小熊與禮子從未請代書處理過。

習慣之後，那些文件要自己寫並不困難。很多人這輩子第一次在公所提交的文件，就是登錄車籍資料。

儘管會因為緊張而漏填，或是被窗口指出記載疏失而打回票，卻會被公家機關視為一名有契約能力的大人，體驗到何謂有行為能力人之間的約定，而非學校裡頭那種大人與小孩的關係。

小熊想說讓史了解這點也不賴才省下代書費用，不過其實還有一個更加單純，世上許多高中生都擁有的理由。

那就是沒錢。

大致確定預算相關事項，大夥兒也明白接下來該做哪些事了，因此決定今年就先解散。再繼續拖下去，感覺禮子會在史家的起居室裡睡著。小熊不會做這麼無禮的舉動，可是看到禮子睡得香甜，很可能會連自己都遭到睡魔侵襲，當場倒下變成禮子的棉被。

小熊告知史的父親明早還會來造訪之後，便從桌前站了起來，順便拉起都快睡著的禮子。

踏上歸途前，小熊向他詢問在倉庫裡發現Motra時便一直很在意的事。

「那輛輕型機車是誰為了什麼而買的呢？」

史的父親凝望著半空中，一副緬懷往事的模樣回答道：

「是我父親……史的爺爺為了奶奶而買的。」

見到小熊歪頭不解，史的父親補充說明。

「奶奶也是一個不愛外出的人。為了帶她踏出家門，爺爺買了很多東西給她。像是上頭載著衝浪板的Familia、可以扛在肩上的收音機、溜冰鞋還有隨身聽之類。爺爺過世之後，這些物品都給業者收購了，只有那輛輕機一文不值。因為那陣子輕型機車正便宜。」

小熊曾聽篠先生提過，數十年前掀起過一陣輕機旋風。如今每逢輕機改款，價格都會因更換生產國或環保考量而不斷攀升，但當年國內各家機車製造廠商彼此上演熾烈的市場爭奪戰時，新車打八折或七折是理所當然的事。有時甚至還會買一送一，提供實質上打對折的服務。

新車都這種價錢了，二手的自然便宜。在景氣良好的當時，打工時薪優渥的高中生能比現代的電動自行車更輕鬆地買下一輛輕機，或是從朋友那裡接收。基於實用目的騎乘的人，甚至車況變差就會立刻換新車。

「如果修好那輛輕機，史會願意到外頭去嗎？」

聽聞史父親的問題，禮子代替小熊答道：

「有機車就會超想到外面去溜達喔。」

雖然小熊認為「若事情有那麼好解決，世上的繭居族支持團體也不用折騰了」，不過她還是姑且以自己的實際經驗為基準來回答，而非道聽塗說。

「只要擁有機車，不管從哪兒都能回到家。」

具體理由有時會成為一股動力，推動意圖採取行動的人。而安心則可能成為活力。要選什麼，得由史來決定。

24 開始動工

回到家的小熊先拿出了手機，以ＬＩＮＥ通知浮谷社長明天上午無法上班的事情。

立刻看到訊息的社長打了電話過來。大概是跨年花了太多錢使得阮囊羞澀，明天很快地就有幾名騎士要銷假上工，因此小熊可以下午再去沒問題。

向詢問箇中緣由的浮谷大致解釋一番後，她也產生了興趣想要參加，可是明天規劃好的工作之中有幾項同時兼具新年拜訪的目的，社長不在就進行不下去了。

聽到小熊撂下一句「社長，請妳去工作」，浮谷雖然稍微鬧起彆扭來，卻也決定專心在公事上頭了。

儘管過了深夜才入睡，小熊依然在寒冬時期遲來的黎明造訪前醒來了。

或許是「協助維修朋友的朋友所騎的Motra」這件基於人情而非玩耍所承接的麻煩差事，不知為何令她情緒高亢的關係。

據說一月二日所作的夢叫初夢，但小熊已經記不太起剛剛夢見什麼了。夢這個位在大腦表層附近的資訊檔案，不隨即儲存就會消失掉。

試著在被褥中回想起內容的小熊，中斷拯救夢境檔案的動作而起床了。今天早上有太多事要做。小熊沖著澡，並在腦中整理今後的處理步驟。她必須在上午到史她家去，完成Motra的維修才行。

要作夢，在那兒就行了。

小熊在牛仔裝外面穿上連身工作服，走到黎明冷冽寒氣刺激著肺部及眼睛的屋外，而後騎著Cub上路。她發現到氣溫要比昨天還低，有點後悔沒有在工作服上多穿一件衣服，但小熊連去細思低溫的空檔都沒有，就來到位於學校和椎家中間的地點——也就是史家了。她按下氣派門扉一旁的門鈴，史的父親便馬上開門了。

小熊暗想：幸好史沒出來應門。心臟都已經因為寒意而受到不小的負擔了，要是幽靈出現在眼前的話，Cub搞不好會大吃一驚。

史的父親表示準備好早飯了，於是小熊便決定接受他的款待。

人已經在起居室的慧海，正幫坐在身邊的史泡茶，而禮子還沒來。小熊很清楚，期待這個人早起也是白費工夫。

史的父親煮了白飯、蘿蔔馬鈴薯味噌湯、竹筴魚乾還有芝麻拌青菜這樣的早餐。受到對方招呼的小熊，毫不客氣地開動了。從前支援過伙房班的他所做的飯菜十分美味，小熊尤其中意那道涼拌野草。

「那個叫藜，是一種日本隨處可見的高繁殖力野草。雖然這是菠菜的原種，不過味道和口感都勝過它。」

要是在大學生活中三餐不繼，煮這種叫作藜的野草來吃就行了——帶著此種想法吃完早餐的小熊，和慧海跟史一道前往離這兒五分鐘路程的果樹園倉庫。史的父親也開口說要幫忙，可是小熊見他用餐時還把樂譜和MacBook Pro擺在身旁，便查覺他春假也要忙著處理軍樂隊的工作，便告知「靠我們就夠了」。

當小熊推車走在縣道時，聽見史家傳來長號的樂音。感覺這名沉默寡言，又未曾積極行動解決女兒問題的父親，是以自己的方式在盡力為大家加油。

也或許他單單只是在慰藉自己遭到女孩子排擠的懊悔情緒罷了。起居室裡裝飾著許多張照片，有他在音樂大學管弦樂團吹奏銅管樂器的模樣，還有一襲純白自衛隊制服的身影。從那些照片來看，他年輕時給人即使不發一語也會有女人投懷送抱的印象。如今則完全感受不到相片裡散發出來的魅力，怎麼看都只是個枯槁的文學家。只不過，世上似乎有很多女人就是喜歡這副德性。

在小熊等人抵達倉庫時，禮子的Hunter Cub隨著噪音一同前來了。對遲到毫不愧疚的禮子，隨即從機車後箱取出工具、化學藥劑，以及裝有列印文件的資料夾。

她們倆接下來要開始修復Motra。這次和先前維修Cub的經驗之間的差異，在於沒辦法花太多時間金錢。小熊回頭看向人在身後的慧海與史說：

「我只能修車到中午為止。」

打著呵欠的禮子也附和道：

「我也是！我中午要到零件行去。」

無論什麼事都追求明確答覆的慧海，向小熊問道：

「中午前修得好嗎？」

史在一旁露出傷腦筋的模樣。小熊先是看了她一眼，才回答：

「該處理的地方我昨天都確認過了。我有做好在那之前修復的準備。」

個性從頭到尾都曖昧不清又隨便的禮子，從Hunter Cub後方搬出最大的行李說：

「萬一引擎不幸掛了，就換上這玩意兒。電系也是。」

禮子手上拿的是Cub的五〇cc引擎。八成是她從閒置在小木屋的二手引擎中，隨便挑選而來的東西吧。

禮子把更換機車引擎的工程講得跟換掉鬧鐘電池一樣，而史望向她的目光，就像是在看趁鞋匠睡著時修補鞋子的小精靈似的。幾個月前還不太熟悉機車保養的小熊，或許也是同樣的心情。慧海單手抱著禮子所遞出的引擎，問道：

「這個會動嗎？」

機車引擎輕到能徒手抬起來這個事實，似乎挑起了慧海的興趣。

「應該吧？」

儘管差點被禮子隨便的態度惹得發笑，小熊仍然確認起一塊兒帶來的電系線束。小熊心想，雖然上頭的配線也是東拼西湊，不過假如無法通電的話，到時再拿三用電表修好斷線的部分就行了。禮子馬虎的思考模式漸漸傳染給她了。也或許這便是機械要圓滑運作所不可或缺的冗餘性——也就是俗稱的「間隙」。

決定在倉庫前面那塊水泥地動工的小熊與禮子，從倉庫裡把Motra推了出來。慧海在不妨礙兩人動線的地方鋪上抹布，再放下手上的引擎。

小熊和禮子坐在適合彼此動工之處，再打開工具箱，開始進行Motra的修復工程。

25 史的心情

兩人合力拆掉零件的Motra，轉眼間就失去機車的外型了。

除了小熊在倉庫中發現而暫時安裝的前後懸吊及轉向把手，座墊、腳踏桿、排氣管等附屬品也卸了下來，還有僅靠兩根螺栓固定在車體上的引擎也是。

倘若對這款車輛一無所知，只剩下鐵板和鋼管車架的Motra，怎麼看都只像是農業或建築機械。

它的顏色和重型機具同樣是黃色，而且還是Motra黃這種專用的色調。原廠基本色還有另一款Motra綠，這個則是和用在武器的橄欖綠相同。

重型機具和武器這兩種機械都會深深撼動著男生的感性。然而，禮子卻不曉得為何仿造兩者的Motra，其產品生命週期會如此短暫。實際分解後，小熊稍微明白了。它以機車來說太小台，可是當成玩具又過於巨大且笨重。

不論年齡或性別，對於有顆赤子之心的人而言，要光靠買玩具的心態擁有輕機這種

養起來費錢又費心的東西，負擔實在很大。所以這輛Motra才會被拋棄。表示車主從老大不小還在玩玩具的孩子蛻變成大人了。這是個正確的決定。

而今，小熊與禮子正無償修復著這輛機車。舉凡想在慧海面前釋出善意，或是對史產生興趣等馬後炮的理由要多少就有多少，不過看到Motra被要求符合善良風俗或良好效率的世間洪流給排除時，小熊的身體自然而然地就朝這方面行動了。

史就只是在一旁看著小熊等人做事。一旦專心在手邊的工作上，史那副缺乏情感和生命力而不像個活人的模樣，看起來就像是人形枯木還什麼似的。

慧海也沒有特別做些什麼，就待在不會妨礙小熊與禮子的地方。靜靜等待需要自己的時候到來，對慧海來說並不痛苦。看著十分放鬆的慧海，小熊心想：假如自己在作業途中遇上什麼危險，慧海鐵定會在零點幾秒內跑過來，把自己拉到安全範圍去。這樣就足足有餘了。

儘管對機車的維修保養不甚清楚，卻興致高昂地觀看兩人俐落工程的慧海說：

「妳們還要拍照呢。」

從剛才開始，每當零件拆卸作業告一段落，小熊與禮子都會拿擱在一旁的手機拍下照片。被滿是油汙的手碰過，手機已經像其他工具一樣到處都髒兮兮了。

修理的是自個兒的Motra卻幫不上任何忙，似乎讓史覺得自己很沒用。這樣的她加入了對話，或許是想取而代之地做點什麼。

「妳是要像日記一樣在事後回顧嗎？」

「不是。」

小熊不禁做出了平常對機車一無所知的傢伙上前搭話時會有的反應。只見史過意不去地縮起身子。

動工期間總愛聊些廢話，今天也吵吵嚷嚷的禮子笑道：

「我要像小寶寶一樣幫它拍照，存到相簿裡再上傳到ＩＧ喔。上面要寫『這是我可愛的小Motra～』。」

由於人在慧海面前，原本想講點什麼關心一下史的小熊也忍不住抖著雙肩。她不小心想像起Motra在嬰兒床上被毛毯包裹住的模樣了。按捺著笑意的她，以散漫的嗓音向史解釋道：

「之後要重新組裝起這個部分時，若是搞不懂該怎麼下手的話，我就會去看分解前所拍的照片。」

機車並不像塑膠模型一樣有說明書，服務手冊或零件清單也未必萬無一失。當不曉得該怎麼把組合起來像智慧環一般的零件恢復原狀時，經常會仰賴網路上的圖片搜尋或個人網站維修記找來的一張照片動工。當然，如果自己事前有拍照下來，就更是十拿九穩了。

慧海笑得很愉快，而史在她身旁露出一臉格外認同的神情。小熊不記得自己有成為學校老師，傳授給她什麼可貴的知識。她心想：下次要告訴她「不能不假思索地全盤相信別人的話語」。相信她的話保證沒好事的那傢伙，正好就在小熊對面拋下了工程，和Motra自拍著。她一定是打算扯謊，炫耀這輛Motra是自己買的新車吧。

大致拆完零件的小熊與禮子，從中挑選出能夠重新再利用的東西。它們多半都能直接使用沒問題。禮子所帶來的Cub引擎，以及為了裝載在驅動鍊條位置相異的Motra上而準備的偏置鍊輪都沒派上用場，不過禮子感覺很滿足。她似乎不太希望改變Cub與Motra之間最大的差異——也就是附有副變速箱的變速器。這具副變速箱，會讓Motra產生號稱市售車最強的爬坡力。

可以的話禮子還想打開內部分解看看，不過小熊主張這輛車沒有跑多遠，只要拿燈油洗淨內部就夠了，最後決定維持原樣不去拆解。要是去開啟變速箱所在的曲軸箱，時間及必要零件都會大幅增加。

並非基於修復需要，而是出自好奇心想拆開來一探究竟的禮子說：

「就算只有軸承片也好，我想換掉耶～萬一在騎乘時燒掉，可是會要命的。」

「要誰的命？又不是我的。」

慧海的神情為之一變。踏出一步站在小熊正後方的她，以一如往常的沉穩嗓音說：

「小熊學姊，請妳不要做出讓史有生命危險的事。」

受到慧海靜謐的魄力所逼，小熊打算來開開看一度決定置之不理的曲軸箱。禮子有帶曲軸片來，而分解結合所需的汽缸墊片儘管不易獲得Motra的專用品，但小熊記得禮子的行李中有自製用的墊片紙，拿它來切割一下就行了。

當小熊正要伸手取用曲軸箱蓋的分解工具時，注意到史站在她的正後方。

「小熊學姊，就麻煩妳利用自己覺得最妥當的方式處理了。」

過去的史即使幾乎貼身站在小熊背後，她也察覺不到。她無法感知沒有人類氣息的事物。如今的史，令她感受到了一些情感和呼吸。

「我對機車一竅不通，不過至少會對自己的生命負責。」

禮子站起身，接過小熊手上的引擎說道：

「人呀，用不著別人細心指導，也懂得怎麼爬行和騎機車啦。」

慧海後退一步，低下頭說：

「我講話太踰矩了。」

小熊並未停下手：

「我從不覺得妳說話踰矩過。」

說著說著，小熊回頭看向史。方才所感覺到的人類氣息消失了。待在她身後的果然是幽靈嗎？

禮子指著Motra的曲軸一帶，說道：

「萬一軸承片燒掉，這兒會發出類似縫紉機的聲音，到時再換掉就好了。就算燒到曲軸鎖死，照Cub或Motra的速度來看，八成也不至於出人命。」

聽聞害處遠比一般惡靈還大的傢伙講出這番話，小熊心想「妳少騙人了」。不過，一旦開始騎機車之後，面對不論如何都無法徹底消彌的危險性，車主確實會設法應對或視而不見，來讓自己接受。

搞不好史也會變成那樣，抑或偏離小熊透過迄今經驗所建構的騎士標準，成為超乎她想像的人物。

此事令小熊思考起人類的心理和行動這類模糊不清的事物。這時她看向卡西歐數位手錶，發現上午還有一半的時間。小熊認為，鐘錶是少數不論有何種外力因素，都會告訴她相同事實的東西。

接下來她們將要開始組裝，在中午前讓這輛Motra復活。

26 最後的零件

可能是多虧保管在屋內之賜，構成Motra車體的零件並未缺損或產生致命性劣化。在小熊和禮子的動工之下，車子順利地漸漸找回了嶄新的樣貌。

兩人同時維修一輛機車，表示無從親眼查看對方正在進行的另一項工作，因此有疏於確認的風險存在。就算再怎麼去檢查彼此的作業結果，也無從得知中間的流程。

當小熊與禮子兩人一塊兒保養Cub時，多半會採取一人動作，另一人協助遞送工具或準備零件的模式。但這次的工程，速度及省事和仔細作業時同樣重要。

她們倆之後都有事，時間一到就必須停工回去。即使屆時把注意安全而小心組裝到一半的Motra交出去，假如史自己進行剩下的工程，那麼車子就會變得非常危險。既然如此，迅速維修完成的Motra還比較安全。

這樣的想法，八成會讓年邁的維修老手想勸說一句「用錢也買不到性命」或「安全第一」之類的話。雖然這話是不錯，不過自從出入篠先生的店家後便認識了同齡騎士的小熊與禮子，自有一番有別於老人言的倫理。

首先，許多針對安全高談闊論的老機車騎士，高中時期騎的車子更危險。當中甚至有人像篠先生一樣馬齒徒增，內在依然是個天不怕地不怕的小鬼。

保管在室內的Motra也無法避免橡膠材質老化，連接化油器和空濾的絕緣座發生了漏氣的狀況，因此小熊拿透明膠帶把它纏起來修好。儘管不曉得年代久遠的輪胎強度降低到何種程度，不過因為沒有肉眼可見的龜裂，小熊只換掉氣嘴橡膠就直接打氣了。

高中生的時光轉瞬即逝，實在無法等史存零用錢存到買得起新零件，並有眉目進行更換工程的時候才維修。

如果是小熊和禮子，她們會選擇冒險在當下騎乘，而非遙遠的未來。雖然沒辦法騎著壞掉的Cub奔馳，不過至少可以甘冒著損毀的危險上路。

小熊不清楚史是不是也有同樣的心態，但她說會對自己的性命負責。那麼是否要騎上這輛Motra，就端看史的決定了。

考量到史的騎乘方式，以及附近路燈稀少的交通狀況，小熊把電系從６Ｖ改到１２Ｖ，卻只是將幾樣零件換成禮子手邊的備品而已。把車體電系配線統整起來的線束──

亦即電系之中最昂貴的零件，只要對Motra原本就有的連接器稍作加工就能用了。禮子為求保險起見而帶來的線束，似乎是從事故車上頭拆下來的，狀況不怎麼好。

小熊與禮子各自坐在車輛的前後方，組裝著懸吊系統。她們只換掉了老化凝固的潤滑油，從外觀研判還能用的軸承、金屬類以及煞車零件則維持原狀。她們安裝上電系、引擎，還有化油器及空濾等引擎輔助裝置。

小熊在拆解化油器的時候，了解到這輛Motra為何會動彈不得了。應該是油料尚存又長期擱置的機車引擎發動後，化油器吸入了變質的汽油所產生的雜質和油箱內的鐵鏽而堵塞，導致無法再次啟動吧。觀察油箱後也得到相同結論的禮子，和小熊對望著。

油箱生鏽，且油泥這種雜質跑到化油器裡的車，看在一般機車騎士眼中相當麻煩。不但動也不動，就算送修也需要拆卸及更換各處零件，因此多半會拿去報廢。然而，對於小熊或禮子這種會自個兒維修，又看慣解體廠內拋錨機車的人而言，這是種簡單清洗後就會復活的優良車體。化油器堵住而發不動的機車，很多時候它的引擎、變速裝置和車架等需要花錢維修更換的部分都完好如初。

禮子正在清洗裝了變質汽油的油箱。小熊很希望她在安裝引擎前就先洗好，不過洗淨工作進行得比想像中還快。假如油箱內鏽蝕嚴重，就必須拿鹽酸當成除鏽劑硬是清除乾淨，再施加防鏽劑了。鹽酸是種家用浴廁清潔劑，用於洗淨的丙酮和防鏽劑也都能在塗裝行便宜買到，花不了幾個錢。可是，工程本身相當費時費力，而且還臭氣熏天。

幸好Motra並未風吹雨淋，生鏽的狀況很輕微。只要抽乾汽油後以燈油清洗，再使用同時兼具初期除鏽和防鏽效果的鋅類清潔劑，油箱就變得很乾淨了。

至於連接油箱和化油器的橡膠軟管，小熊則是剪了以長度計價的新品來用。話是這麼說，但它其實是二手新品，是小熊在外頭偶然造訪的中古商店裡買到的。那家店主要販售家庭用品，看似幾乎沒有做過機車零件的生意。用於汽機車的耐油管在那兒賤價出售。因此雖然沒有更換的打算，小熊還是先把軟管買了下來。

煞車或節流閥把手的鋼索這類零件小熊也沒有替換，而是利用鋼索注油器這種專用器具上過油才組裝上去。Motra的煞車，變得比禮子那輛很久沒上油的Hunter Cub還滑順不少。

安裝完時速表、後照鏡、尾燈等細部零件後，小熊和禮子拿沾染燈油的抹布擦拭車體，再噴上優秀的機車鍍膜劑——矽利康潤滑噴劑來擦亮它。重新仔細端詳，小熊發現

這輛黃色的Motra不論是塗裝或電鍍的狀況都很棒。如果就這麼丟到二手車行，能夠賣個好價錢也不意外。

有如理容院在理髮後鄭重地整理客人的頭髮般，四處觀察著Motra的小熊與禮子點了點頭。一直在後面觀看施工狀況的史出聲說道：

「完工了嗎？」

望向手錶，確認到作業時間的尾聲已然逼近的小熊回答：

「還沒。」

禮子窺探著引擎說：

「沒有火星塞呀。」

小熊拆著禮子帶來的備用引擎上頭的火星塞，同時說：

「這也不能用。雖然它的狀況良好，卻只是塞了一顆尺寸不同的火星塞在裡頭當作蓋子而已。」

慧海蹲在Motra前面說：

「只要有那個叫火星塞的零件，車子就能跑了嗎？」

小熊望著慧海的臉，回應道：

「可以跑，但不能上路。」

慧海興味盎然地看著像是在打啞謎的小熊，而禮子代替她講出了答案。

「小史必須考到駕照，才能騎乘Motra。另外，她還得進行車籍登錄，取得車牌才行。」

感覺史對這輛即將成為自身坐駕而逐漸復甦的Motra，一直都很有興趣。然而，這時她的雙眼卻閃過了一抹畏懼之色。

27 社會性

小熊知道史感到不安了，這點她自己也有經驗過。

當小熊獲得目前騎乘的Cub時，為了考取輕機駕照及登錄車籍，她在與日野春相隔一站的長坂站一帶四處奔波。

以高中生身分和公所及警局打交道這檔事，她在升上高中後母親失蹤那時已有某種程度的體驗了。儘管如此，申請或請求許可這類要求社會性或談判能力的行動，依然令小熊覺得排斥。

母親還在身邊的時候，她曾帶小熊一同前往辦理稅金或居住手續。小熊從沒想過，自己將來也辦得到這些事情。她不清楚該做什麼、說什麼才好。大人不會搭理一無所知的人。

說不定小熊之所以會感到不安，其中一個原因出在母親身上。前往公所時的母親，簡直就像要去跟朋友借錢或拜託人家做事似的。一旦有不利於己的狀況，她便會立刻跟負責的公務員爭辯起來。Cub代替了這個靠不住的母親，讓小熊成長茁壯。

後來因母親失蹤而和大人們商討過，稍稍窺見到世間運作的系統呈現何種模樣的小熊，多多少少沖淡了一些迄今所抱持的畏懼。排斥心態在「天下沒有白吃的午餐」這樣的責任感驅使下，收斂且改善了不少。

當個車主所需的各種手續，以及因公騎車而與社會建立起的聯繫，讓小熊對公所退避三舍的記憶逐漸化為遙遠的過去。

她並非從此不再排斥了。只是，比起世上那堆意圖蒙騙或欺瞞別人的人，公所只要備齊指定資料並在公告時間內前往辦理就能獲得必要的東西，這樣來得輕鬆多了。最起碼用不著砍價或催促。

說到禮子，她似乎在另一種層面上不喜歡公所或警局。小熊知道她從平時就是個上路目無王法的慣犯，而且心裡有鬼，不過禮子卻正經八百地表示「衛星追蹤了世上所有汽機車的動向，犯過的錯都會留在國家的大數據裡。這樣的人大搖大擺地跑到警察局去會直接被上銬，無異於自投羅網」。她真是夠蠢了。

某種程度上對史感同身受的小熊，儘管覺得沒有責任親力親為地帶她到公所去，卻也姑且為了盡到機車騎士的義務，從Cub後方拿出了一本輕機考照題庫。具體記載了考

照流程的這本書，是中古車行的篠先生在小熊買車時出借的。

順利考取駕照的小熊原本想物歸原主，但篠先生不願意收下。

「這種東西就是要代代相傳。」

那時小熊並不明白這番話的意思，如今它派上用場卻是不爭的事實。並非篠先生特別有先見之明，只是機車騎士之間會傳承各式各樣的物品罷了。比方說，被人添加了一些莫須有的傳說，經常由前輩讓渡給後輩的排氣管或活塞之類的改裝零件，或是登載了龐大行駛及調校紀錄的檔案，有時甚至是一整輛機車。如果到大學的燃油車社團參觀，就會發現有一兩輛由歷代學弟妹所繼承的破爛輕機。

連回收業者都開不出價錢的垃圾或出讓也不可惜的東西，大多時候會由騎士傳承給年輕的騎士。首當其衝的，便是考到駕照後就沒用了的題庫。

小熊把題庫遞給史，說：

「到明天前妳先看看這個，學習一下。」

雖然史鄭重地收下了書本，卻只像是沉甸甸地捧著一組零件似的，完全沒有翻開來看的打算。這本輕機駕照考試用書，上頭寫了必要的步驟。

無論史怎麼想，是否要攤開這本書並與社會聯繫，都端看她的決定——內心如是想的小熊看向手錶，決定在出發打工前先回家一趟而跨上了Cub。禮子則是感覺都快要趴在Hunter Cub的時速表上睡著了。

史並未翻閱題庫，而是想把它收進身上那件喀什米爾大衣的口袋裡。看起來像是將萌生於體內那份盼望與外界聯繫的心，隱藏在吸收著四下光芒的黑色大衣中，試圖變回不屬於這個世界的幽靈。

這時，有隻手從旁伸了過來。那隻手毫不客氣地伸向史漆黑的世界裡，抓住慢慢消失在口袋中的題庫。

「只要照著上面所寫的去做，就能考取輕型機車駕照嗎？」

慧海翻動著題庫的頁面。剛才一直害怕閱讀內容的史，受到比肩而立的慧海所指之處吸引，讀起了開頭附近如何辦理手續的章節。

慧海抬起頭對小熊說：

「我也要去考駕照。」

28 駕照與登錄

慧海的提議令小熊大感意外。

認識幾個月以來，小熊自認有透過自己的方式向慧海展現開始騎車後獲得的體認，但她一直都對輕機興趣缺缺的樣子。

小熊原以為慧海是在關心對於獨自考照感到不安的史，卻也不是這樣。一旦往後開始騎乘輕機，史將會不斷遇上可怕或未知的事物，而且必須自己扛起責任來選擇因應方式。即使向他人求助，能夠騎在輕機上的也就只有一個人而已。

至少小熊是這樣子，所以現在才能平安度日。小熊不清楚禮子的狀況如何，不過她一定不甚了解恐懼這個詞彙的意義。

在慧海的拜託下，小熊修復了史的Motra。事情辦完後，無論史和機車今後發生什麼事，都與小熊無關。總之小熊說出了自己的心底話。

「陪史一塊兒考照，對她不見得是件好事。」

慧海掛著雲淡風輕到令人憤恨的神色說：

「我只是看到這輛輕機才想去考照罷了。」

隨後，她露出小熊未曾見過的表情補充道：

「因為一個人去考會讓我感到不安。」

慧海也是千辛萬苦地在融入學校這個集團，以及社會系統之中。假如全盤相信她這番話，那就是兩名對於獨自行動沒信心的人，打算透過互助合作來獲得輕機駕照。這是小熊考照時不需要的東西。並非那天在考場上和公所出了紕漏或有什麼具體理由，就只是被迫意識到自己孤身一人時，不在身旁的事物。

也許小熊是對自己懷抱不滿，而不是針對史。這時小熊發動了機車引擎，說：

「明天下午三點左右我會過來。在那之前，妳不僅要先搞定駕照，還得完成車籍登錄。」

說完這段話，小熊就踏上歸途了。

隔天早上，小熊騎著Cub前往打工的機車快遞辦公室去。不論是哪裡的流通業都一樣，到了一月三日後，出勤成員和工作量都會變得和平常沒有兩樣。

和同事做了簡單的新年問候，泡著咖啡的小熊立刻確認了上門來的工作。今天她也是要一大早就和浮谷社長騎著兩輛車出動。浮谷正拿甜甜圈沾著咖啡，慢條斯理地吃著她的早餐。催促著浮谷的小熊只喝了一杯咖啡，就走出辦公室跨上自己的VTR。

趁著替黑色FUSION暖車時，浮谷詢問小熊著手修理的那輛Motra狀況如何，小熊便簡單地告知了來龍去脈，還補充說史與慧海要一起去考駕照的事。小熊有努力讓自己的說明公正客觀不帶私心，但還是出言抱怨了區區輕機駕照也沒辦法自行考取的史。

浮谷笑道：

「畢竟這又不是修行嘛。」

外表和行動都像個小孩子的浮谷這句半開玩笑的話語，刺痛了小熊的內心。小熊剛開始騎Cub不久的時候，把騎機車講得與身心修業無異的人令她煩躁不已。她覺得「為何只是想騎個比腳踏車輕鬆的交通工具快活一下，還得聽人家講這些話不可？」，不知不覺間卻輪到自己講出這種話來了。

無論過去或現在，禮子遇到把自個兒滿意就好的事情講得彷彿價值連城的人，都會毫不猶豫地比起中指。像她這樣要好太多了。

暖完FUSION的引擎，肚子裡頭的甜甜圈也看似穩定消化的浮谷，戴上Schuberth安全帽說：

「小熊，妳覺得很不甘心對吧？自己怎麼都改變不了的慧海，居然一下子就被其他人改變了。」

她是指史還是Motra呢？小熊望向浮谷的臉龐，卻被Schuberth的深墨片擋住，看不見她壞心眼的目光。總之不回嘴會被當成默認，小熊決定好歹回敬她一番。

「社長，妳考駕照的時候是自己一個人去嗎？」

「不，我有找媽媽陪我。」

浮谷毫不害臊地說道。事實上，也許這並沒有什麼好奇怪的。

似乎打算一如往常地在市區帶頭的浮谷，驅策著黑色FUSION上路了。小熊在讓暖車的VTR起步前，先以掌心確認了收在快遞制服網狀背心裡的手機。

這支手機裡存有慧海和史的號碼。小熊今天上午的工作要在甲府一帶到處跑，那兒距離她們倆考照和登錄車籍的長坂站前並沒有多遠。如果有電話來，要她立刻驅車趕到也是可行的。

儘管小熊認為不要出手相助才是對的，因此不打算那麼做，但正確的做法似乎並不只有一個。

29 長褲

小熊今天的打工比預計還早結束。

原以為會耗到中午過後的工作，根據一同上路的浮谷社長表示，今天的行程同時兼具拜年的目的，因此小熊的ＶＴＲ與浮谷的FUSION主要是在甲府市區四處跑。那些似乎和浮谷父母有生意往來的客戶，見到這個從小熟悉的嬌嬌女自力更生的模樣，都流露出一臉欣慰的表情。

即使是平時對合作業者很嚴苛的地方產業經營者，也像是特別關照浮谷似的一下子就更新了過往的契約，還委託她新的工作。

經營機車快遞公司隻身過活的浮谷儘管表面上和老家沒有任何關係，不過她老家對山梨的企業擁有各種有形無形的影響力，眾人或許在浮谷背後窺見了其影子也說不定。實際上在浮谷身後的就只有小熊一個人。小熊看起來倒也像是老家派來的女僕或保鑣，不然就是兼具這兩種功能的人。

她們的午餐在浮谷不敢獨自入內的牛肉蓋飯店解決，下午再跑一趟便收工了。回到辦公室的小熊把上班借用的ＶＴＲ鑰匙放回鐵製保管箱裡，而後拿起Cub的鑰匙。

雖然社長表示小熊今天也可以騎著ＶＴＲ回家，可是她接下來要幫史的Motra重新上路。Cub的乘載量與速度固然略遜ＶＴＲ一籌，不過引擎和諸多細微零件都和Motra共通，騎Cub去會比較有幫助吧。

就ＶＴＲ的里程來看，小熊覺得今天的工作內容很輕鬆，但主要與客人應對的行程似乎令浮谷覺得過度勞累，於是她表示自己要睡個午覺。見她躺在合成皮沙發上，小熊把手伸向浮谷的辦公桌底下，拿起她帶來公司的私人羊毛毯拋向沙發。

由於浮谷冷不防地從沙發上起身，毛毯直接命中了她的臉部，把毯子撥掉的浮谷卻走到辦公室角落去了。浮谷從缺乏整理的置物櫃中取出網購公司的瓦楞紙箱，並塞給了小熊。

「她叫小史對嗎？這是騎士前輩的禮物，送給新加入機車世界的她！」

小熊收下那只不若碩大外觀沉重的輕盈箱子，代替史向浮谷道過謝後，心想：既然如此，真希望妳先把外表打理得有前輩的模樣。

小熊在自己停駐於公司後方的Cub前面戴起安全帽，並踩發車子。這時她發現偌大的紙箱放不進機車後箱，於是決定把外箱丟在辦公室，便以車鑰匙割開了封箱膠帶。雖然它的包裝箱很大，裡頭的商品卻很小。

浮谷所送的禮物，是一件裝在透明塑膠袋裡的長褲——看似全新的藍色牛仔褲。小熊隔著塑膠袋碰觸，才發現原先以為是丹寧布的素材，其實是加工成牛仔褲風格的柔軟皮革。袋子上頭的標籤寫著「KUSHITANI皮革牛仔褲」。

居然送這種尺寸因人而異的東西，浮谷的思考和行動都怪怪的——儘管小熊心中這麼想，卻也回憶起自己剛開始騎機車時的事。她的生活及人際關係發生了許多改變，而服裝方面最大的變化，就是私底下不再穿裙子了。

沒有比裙子還不適合騎車的衣物了。它不但被風一吹就會掀起來，萬一跌倒還很危險。對小熊而言最大的問題是，輕機馬力有限，它的極速會被裙子造成的空氣阻力削減好幾公里。

小熊思索著身邊人的情形。買下Cub前都在騎腳踏車，因此假日多半穿著運動服的椎姑且不論，禮子開始騎機車前便擁有好幾件裙子。她表示「開發Super Cub時的設計思

想之一，便是女孩子能夠穿著裙子騎乘的輕機」，因此常常會做裙裝打扮騎車。但實際上路後她才發現有諸多不便，後來漸漸地不穿了。

小熊望著事務所的方向。無論工作或假日，浮谷總是穿著孩子氣的吊帶工作服。可是，她好幾次利用手機給小熊看的孩提時期照片，卻顯示浮谷在騎車前沒有穿過一次褲裝，全都是惹人憐愛的洋裝或裙子。服裝愈是華麗，就和她樸素的五官愈不搭。平常的吊帶工作服打扮還比較不突兀。

或許浮谷開始騎車之後，就把長輩所準備卻不適合自己的裙子都給丟了——心中如是想的小熊，把皮革牛仔褲收進Cub的後箱。看似幼稚卻挺精明的浮谷，八成看一眼就曉得史的腰圍及臀圍有幾吋了吧。帶著自卑感觀察別人體型的時期一長，就會獲得這種能力。

暖完車的小熊，騎向慧海與史所等待的武川果樹園。

30 男孩子

比預計時間略早來到果樹園前的縣道後，小熊和從反方向騎著Hunter Cub過來的禮子不期而遇了。

小熊覺得這真是一場討厭的巧遇，並關閉自己的機車引擎。她就這麼推車走向通往果樹園的私人道路。

小熊主觀認定言行舉止多半思慮不周的禮子，其實直覺也不差。禮子仿效著小熊，切掉空轉也很吵的Hunter Cub引擎，和小熊並肩而行。

她平時不會這麼做。若非極為寬敞的道路，禮子都會呈縱列行駛，以免妨礙其他車輛會車或超車。平常大多屬於超車那方的禮子，非常清楚並排行進的機車或行人擋在前方有多麼令人焦躁。

當小熊與禮子騎在幹道時，經常會自然而然地分成一前一後，並且微妙地錯開左右位置——也就是採取千鳥隊形。椎在習慣Little Cub後，也會這種行駛方式了。

小熊單手推動自己的Cub，對人在身旁推著Hunter Cub的禮子伸出手，說：

「火星塞。」

禮子把口袋裡的火星塞丟到小熊掌心。除了Motra和Cub，還有許許多多的輕機都共用這種規格尺寸的火星塞。

她遞出來的火星塞骯髒不堪，不但表面生了一層薄鏽，還滿是泥沙灰塵。與其說是長期使用，感覺更像是一直安裝在擱置於倉庫裡的機車上。就中央電極部分來看，它已經很久沒點火了。

「是妳拆掉的對吧？」

那是小熊與禮子所修復的Motra最後一項零件。因為沒有這顆火星塞，車子才無法發動。小熊並不確定它打從一開始就不見了，只是車子看似並未缺件也不像拿來殺肉，不太可能只有火星塞消失無蹤。

「我是想說，車子修好之後會很危險啦。」

小熊明白禮子的話中之意了。那輛Motra以稱不上翻新的分解洗淨就輕易修好了。

禮子心目中似乎已經認定，看見車子隨時都能發動的車主會做些什麼了。明明隔天去考照領牌就能合法騎乘，卻連短短一天都等不及，而在無牌無照的情況下直接上路。

小熊不認為史與慧海會做出這種離經叛道的事。史八成得要有人從後面扶著避免摔倒，還需要找人在前面開路才有辦法騎輕機出去；而慧海在無數次的盤查經驗下，了解被警察逮到有多麼麻煩。

禮子從小熊手中拿走火星塞，並說：

「所謂人不可貌相呀。」

小熊回想起自己剛騎Cub時的狀況。她只是帶著隨隨便便的心態，想說藉由一輛比腳踏車輕鬆的交通工具來改變自己的生活，結果班上同學都對她騎輕型機車到校感到驚訝不已。在眾人之中，產生了興趣接近而來的人是禮子。

小熊並不在乎別人怎麼看待自己，禮子多餘的關心也一樣。倘若史是自發性地想要騎車上路，那麼無論之後她發生了什麼狀況，都與小熊無涉。小熊頂多只知道，禮子由Motra上頭拔下來的火星塞，並不適合直接用於那輛車。

火星塞這個引擎點火裝置，由產生高壓電的線圈所延伸而出的導線，同時具備了連接引擎的端子功能。表面劣化，且狀態變得像音響發燒友會拚死擦乾淨或換掉的連接端

子，總有一天會引發點火不良的問題。

儘管Motra是因為燃料堵塞而動彈不得，不過點火和電系的毛病最可能讓機車在外頭忽然無法發動。這件事小熊已經在自己的車子上體驗過了。

「我要用這個。」

小熊開啟機車後箱，由裡面取出一個小箱子。那是從前多買的Cub未使用火星塞，它也能用在引擎構造相同的Motra上。

「妳還真是準備周到。」

禮子從上衣口袋拿出一顆中古火星塞給小熊看。那是一種叫鉱合金火星塞的高性能零件。

「那對她來說還太早了。」

就算史順順利利地開始騎機車，小熊也不認為她會需要在接近極速的高轉速區域才發揮效果的鉱合金火星塞。況且，高性能零件有時會令人太想體會其效能，而導致騎士做出超乎自身技術的亂來舉動。

就在禮子依依不捨地收起鉱合金火星塞時，兩人逐漸接近果樹園的倉庫了。只見倉庫的鐵門半開著。搞不好史和慧海已經平安取得駕照並登錄車籍，或是基於某種理由而辦不到，才會待在倉庫裡頭。

小熊與禮子的耳朵同時捕捉到一道熟悉的聲音。

那是Cub的聲響。倉庫中的機車只有Motra裝了Cub系列的引擎。或許史不曉得從哪兒弄來了火星塞，正在玩著對機車門外漢而言很危險的遊戲。小熊等人加快了腳步。

兩人各自將車子停放在倉庫一旁，正要打開門的時候，Motra從裡面跑了出來。騎在上面的人是史的父親。

頭戴藍色飛行員安全帽的他見到小熊等人，便想用雙腳把車子退回倉庫裡。小熊在門關上前按住門扉，禮子就這麼走了進去。

「你在做什麼呀？」

史的父親坐在車上，格外多話地迅速解釋道：

「沒有啦，我想在外面練習長號。我們這些吹銅管的人很難找到地方練，所以多半都會到河邊或遼闊的公園去。只是，就在我打算到自家田地吹奏的時候，正好……不，碰巧想到妳們在這兒修理機車，才會擔心地過來查看一下狀況。這時，我發現了這輛輕機，想說今天到其他地方練習也不賴，所以就……」

禮子揚起目光，看著滔滔不絕地辯解的父親說：

「你想騎騎看對吧？」

他垂下了頭。其實用不著詢問，瞧他明明隸屬陸自軍樂隊，卻湊齊了一身看似空自的飛行服、夾克還有藍色衝擊波（註：日本航空自衛隊的飛行表演隊）規格的安全帽，想做什麼丟臉的事情自然是不言而喻。

小熊敲打著史父親背上所揹的樂器箱。他口口聲聲說要練習長號，裡頭傳出來的聲音卻是空空如也。看來他單純只是帶出來耍帥。篠先生以前曾說過「揹著吉他騎機車很帥氣」，禮子也表示同意，只有小熊完全不懂哪裡帥。會是她還不夠了解機車，還是該慶幸自己沒有蠢到那種地步呢？

Motra已經裝上史父親到附近農機行或大賣場買來的全新火星塞，小熊帶來的就這麼派不上用場了。

「我沒有惡意。只是韮崎酒吧裡的女孩跟我說『你老是在聊管弦樂團的事情。如果開始做一些更有活力的休閒活動，會變得魅力十足』，我才想炫耀一下罷了。」

禮子一臉錯愕地說：

「輕機帥不起來啦。」

既不懂也不願理解男人怎麼耍帥的小熊，直截了當地說出了心裡話。

「假如我看到一個男人駕駛汽機車前來喝酒，會覺得對方是個思慮不周且缺乏危機意識的傢伙，並不會被他所吸引。」

史的父親整個人消沉不已，雙手合十向小熊與禮子說「拜託妳們對我女兒保密」，並企圖悄悄逃離現場。和小熊等人見面時也一樣，今天對他而言是個很不湊巧的日子。

當史的父親跨在車上準備再次把Motra停進倉庫時，史跟慧海從另一頭過來了。

31 幽靈的雙腳

在冬季陽光的照耀下，史仍舊包覆著讓自身四周陷入黑暗的氛圍，有如浮現在黑夜之中的明月。

小熊覺得若是和她待在一塊兒，會連自己都變得陰沉。例外的只有不分季節氣候，散發出來的魅力永遠如同太陽般的慧海。

即使見到父親擅自騎乘Motra的丟人模樣，史依然面不改色地飄到了小熊的所在地來。隱藏在黑色喀什米爾大衣之下的雙腳，完全沒有挪動的跡象。搞不好她根本沒有腳也說不定。

慧海跟在史後頭而來。倘若幽靈會附在人身後，那麼位在其背後的便是某種意圖超越人類極限的存在了。

來到小熊等人跟前的史，仍然不發一語。和史正面相對，會令小熊覺得與其說眼前有人，更像是見到了騎車在夜路上馳騁時常常會碰上的黑色霧靄。

小熊聽騎車資歷比自己深的人說過，在歐美人稱「黑妖犬」的那種黑色霧靄，會在附近發生死亡事故時，或是自己將死之際出現。

慧海代替無法主動攀談的史，開口說道：

「我們考到輕機駕照，也取得登錄車牌了。」

慧海從登山外套背後的口袋拿出了輕機的標誌。那張白皙無瑕的嶄新車牌才剛壓鑄完成不久，邊緣還銳利得足以割傷手。上頭已經貼了汽賠險貼紙，號碼則是一串沒有任何諧音的微妙數字。

「沒辦法拿到繪有當地圖案的車牌真教人遺憾。聽說甲府與韮崎有了，可是北杜還沒。」

禮子拿起車牌，確認它的強度是否能夠彎折。據說從前經常可以看到輕機為了躲避警車追緝而折彎車牌，但如今這麼做會因為其他違規而被逮，就算遵守速限也一樣。行動不如發言那麼膽大包天的禮子，也沒有去折車牌。

小熊伸出手，說：

「駕照呢？」

史與慧海同時從口袋裡掏出駕照。她們並未放在票卡夾之類的地方，而是直接收在口袋。小熊過去似乎也是如此。這張紙片證明了一個有資格踏入社會的獨立人格成立，而非需要受到父母或學校扶助的小孩子。尤其無父無母的小熊經常在口袋中反覆碰觸著堅硬的卡片，以品嚐自己安身立命的感受。

慧海亮出來的駕照格式，和小熊在考取普通重機駕照前擁有的輕機駕照幾乎相同，差別只在於記載內容跟大頭照。小熊心想：任何人都會覺得慧海的相片和本人，皆美得讓人想多看兩眼。這是禮子逕自傳授給她們的祕技：拍攝證件照時，把白色毛巾鋪在腿上當成反光板一樣使用。這個令人變得更上相的辦法似乎奏效了。

接著小熊也看了史的駕照。本人散發出陰森印象的史，那張大頭照感覺會讓要求她交出駕照的警察看了當晚受到惡夢侵擾。禮子所教的方法果然沒有任何幫助。

小熊利用附贈的螺絲把收下的車牌安裝在Motra後方。這下子在法規層面，它就做好重新上路的準備了。史的父親實際啟動後，也讓小熊確認到車子恢復了機械本身該有的功能。是否能夠順利變速及巡航端看接下來的狀況，不過小熊與禮子對自己維修的機械很有信心。她們並沒有去碰看起來正常的部分。總之會讓車子跑跑看，有什麼不對勁的地方再去修理。至今兩人都是這麼做的。

剩下就是史個人的準備了。

史好像還沒有要親自騎乘這輛輕機的實際感受。坦白講，小熊也無法想像這個缺乏生命力的女孩騎機車四處遨遊的模樣。認為她的外表和Motra實在很不搭調的小熊，想起自己從浮谷社長那邊收到的禮物。

小熊打開機車後箱拿出東西，對史說：

「妳那身服裝不適合騎機車，換上這個吧。」

小熊是認為，史身上穿的黑色長版大衣有可能被捲入機車上頭不計其數的旋轉零件之中。假如她騎不快的話，就會跌個慘兮兮，糟蹋掉那件昂貴的喀什米爾大衣；如果騎很快，那麼就會歸西。

史露出詫異表情望著小熊遞出的牛仔褲，彷彿看到了什麼前所未見的物品。然而，她似乎決定今後要深入了解一下那些未知的事物，因此拿起了褲子。脫下大衣的史，讓衣服由肩膀滑落而下。見到慧海像個隨從般接過大衣的畫面，小熊覺得自己又看到了慧海不同的另一面。

過去小熊都以為史的駭人氛圍是來自於黑色長版大衣，不過她改變了這個想法。大衣底下是一件高翻領針織衫，以及帶有多段皺褶的吉普賽長裙。它們的顏色都比大衣還要黑。

儘管黑色針織衫讓體態畢露，可是史的身體曲線既沒有女人味，也不像男人那樣，簡直不像人似的。倘若史在兩人互不相識時站在小熊面前，小熊八成會誤以為是死神終於來接她了吧。

小熊在腦海裡把史的打扮和牛仔褲拼湊起來，卻怎麼也不搭。內心如是想的小熊看向一旁的人——也就是史的父親。一身從頭到腳做飛行員裝扮的他，想把Motra騎到熟稔的酒吧，炫耀自己帥氣的模樣。

「不好意思，我要跟你借一下這件上衣。」

小熊說著說著便脫了人家的衣服。起初史的父親嚷嚷著「這件很貴耶！」，但後來還是不情不願地提供了空自飛行夾克給她。

禮子咯咯發笑，同時檢查史的鞋子。史的皮革綁帶長靴就像是古早修女所穿的尖頭靴，鞋跟部分很低。判斷這雙靴子可以用來騎車後，禮子打開組合屋倉庫的門扉。

「到裡面換衣服吧。」

史捧著小熊所給的牛仔褲及飛行夾克，消失在組合屋裡頭。小熊與禮子則是在進行Motra各部位的最終確認。慧海跑到通往果樹園的私人道路入口，關上了大門。她似乎打算剛開始先讓史在園內練習的樣子。

為了在女兒的大場面演奏長號給她聽，史的父親放下了背上的樂器箱。然而，他想起自己只是帶來耍帥，裡頭空無一物這件事，於是取而代之地拿出手機尋找自己吹奏的音訊檔。

史很快地就打開貨櫃屋，從裡面走了出來。

小熊原先預估史的氛圍會因服裝而改變，但她誤判了。即使換上飛行夾克和牛仔褲這種活力旺盛的打扮，飄盪在史周遭的黑色霧靄依然揮之不去。在場感到開心的只有史父親一個人，他表示自己回想起了太太年輕的時候。

明明無人追問，他卻給小熊和禮子看史的母親在手機裡的照片。這個惡魔般的女人長得跟史極為神似，也同樣適合穿黑色衣服。只不過，她像的是動畫或遊戲裡出現的惡魔，而非民間故事或傳說。

小熊很感謝史的母親目前外出旅行一事。倘若這種人出現在小熊面前，想必會隨心

所欲地奪走人命或運氣吧。小熊望向史的父親。從他那副大正到昭和初期的枯槁文學家外貌來看，感覺被吸了不少精氣。

禮子讓史跨上機車，並教她如何起步及變速。史遵照禮子所說踩下Motra的腳發啟動桿，引擎卻沒有發動，僅僅發出了有氣無力的聲響。

機車有許多地方需要細膩地操作，和按下去就完事的開關截然不同。光是照本宣科地踩下去，腳發桿是不會運作的。小熊指著腳發桿來回帶動的活塞處，說：

「妳先輕踩個幾次，確認有阻力的地方。那裡就是活塞最上方的上死點。掌握到這點後就踹下啟動桿。不是用踩的，而是用踹的。」

史依照小熊的吩咐頻頻踩著啟動桿尋找上死點，再以纖細的腿部肌肉踹下桿子。啟動桿在她腳底一滑，引擎並未發動。

慧海想去碰觸史的肩膀。憑慧海的腳力，不光是Cub，就連哈雷這種大排氣量的機車她應該也能踩發起來。原本小熊認為今天只要能讓史在園子裡練習騎車就好，交給慧海發動也沒問題，可是禮子阻止了慧海。

「這麼好玩的事情，妳不能搶去做啦～」

小熊與慧海望向史的臉龐。照做也發不動車子的她，正看著自己的雙腳和Motra。她臉上所浮現出來的，是為什麼自己辦不到的疑問，而非自我放棄的表情。史的雙眼並未陷入自我厭惡。為什麼發不動呢？這樣做或許就行了，試試看吧。萬一失敗就再試一次——史帶著這樣的念頭，把腳擱在啟動桿上。

「倘若腳力不夠，就利用妳的體重去踩。」

父親的建議只是多此一舉，她正要這麼做了。史把重心放在車子的啟動桿上，運用腿部肌肉踩下了它。

隨著一道小熊與禮子都很熟悉的聲音響起，Motra的引擎運轉起來了。

史跨上成功發動並震動著的機車，看向小熊等人。她臉上的模樣顯然對自己的所作所為不敢置信。然而，啟動只不過是初步階段罷了。往後她還需要做這種事情無數次。這就是機車。

小熊有悄悄從旁伸出手，稍稍轉動節流閥把手讓車子比較好發。這時她收回手，對史說：

「去騎騎看吧。」

史照著禮子所教的方式踩下變速踏板並打進一檔，戰戰兢兢地轉動節流閥把手後，車子動了起來。她的父親播放著長號的獨奏曲，但手機揚聲器孱弱的聲音，卻被與Cub相同的引擎排氣聲響，還有Motra專屬的特寬全地形胎所發出的道路噪音給蓋過了。

由於私有土地不適用道交法，未戴安全帽的史就這麼騎著車子在路上跑。小熊遠望著她，注意到籠罩在史周遭的黑色霧靄散去了。換至二檔的Motra速度仍與步行無異，不過看起來就像是吹在機車騎士身上的風，為史排除了那片漆黑的世界。

騎著車的史一頭烏黑長髮在身後隨風飄逸，讓她原先深藏不露的面貌一覽無遺。她的容貌之端正，甚至讓禮子吹起了口哨。小熊稍微了解到，為何不願和其他同學深交的慧海，會跟史待在一塊兒了。無論是任何人，都對美女沒轍。

史騎到遼闊的果樹園邊緣才回來，然後把車停在小熊面前。她依舊是個陰陰沉沉的女生。方才小熊所見到的，或許就像是滑雪者在練習場碰見女孩子時會看到的幻覺。小熊姑且闡述了自己對Motra這輛機械的動作，還有史操作它的感想。

「妳騎得很不錯喔，隨時都能到外面跑了。」

面對Motra行駛的模樣，禮子則是比史還陶醉其中的樣子。

「真不愧是Motra，這下子妳要上哪兒去都行了。」

史對小熊及禮子伸出了手。

「真的很謝謝妳們。」

小熊和史握著手，心想：這女孩與生俱來的黑影鐵定不會消失，但她擁有Motra。往後碰上的各種狀況，將會改變她。如此一來，搞不好陰森氣息甚至會變成她的魅力也說不定。

史這個陰鬱又文弱的女子，很適合黑色。她曾經是個不願邁出家門的幽靈，現在卻騎在機車上了。被束縛在原地的她，能夠依自己的意思前往想去的地方。這只不過是人一生中會有的無數變化之一，但它的影響也許會比小熊跟慧海，甚至是史本身所料想的還大。至少對小熊來說，Super Cub這個變化，一鼓作氣地縮小了她身邊的世界。

獲得了能行遍天下的交通工具，史馳騁而出。

倘若幽靈長出了腳，那就再也不是幽靈了。

32 午間連續劇

過年後，把正月初三耗在修理Motra上的小熊，初四起正式回到機車快遞的打工上頭了。

話雖如此，今天的工作只要早上出發，到正午就結束了。浮谷社長的理論是「人類的專注力頂多只能撐半天」，若非待命時間極多的工作，根本不會從白天做到下午。大概只是她自己很懶，以為別人也一樣吧。

儘管小熊需要一筆本錢面對今年春天開始的新生活，但沒有具體的目標金額，因此暫時對這份以半天班為中心的打工感到十分滿意。採論件計酬而非時薪的酬勞，多到讓聽聞小熊日薪的同學，懷疑她在做什麼傷風敗俗的打工。

韮崎的購物商場將舉辦特攝英雄活動，小熊上午的工作便是要來往於韮崎的會場以及御殿場的服裝製作公司。為了在活動當天送達做好的服裝，小熊騎著快遞公司出借的ＶＴＲ來到會場，卻被小孩子誤以為是要和變身英雄作戰的邪惡組織戰鬥員。之後她還

運送了爆破裝置、怪人的皮套，以及活動結束後分發的促銷玩具等，有東西就送過去。做完這件工作的小熊回到辦公室一看，發現浮谷已經回來了。

這個兼任騎士的社長今早賴床到十點才上班，而她正懶洋洋地坐在辦公室裡接待區的沙發上。從浮谷尚未換下機車夾克這件快遞制服的狀況來看，她似乎有稍作休憩後再回去上工的意思。

浮谷吃著辦公室冰箱隨時都有準備的甜甜圈，並按下遙控器打開電視。電視裡播放著午間連續劇。平常不看電視的小熊瞄一眼就曉得，看那種東西只是在浪費時間。

社長隨著片頭曲扭動著身軀，同時把甜甜圈的紙盒塞給站在一旁的小熊。

「妳要吃嗎？」

小熊脫下制服夾克，答道：

「我吃過午餐才來的。」

好巧不巧，小熊在剛剛送貨的百貨商場美食區裡所吃的，和浮谷一樣是甜甜圈。

當小熊自己那件款式簡單的哈靈頓機車夾克後，浮谷便叼著甜甜圈問：

「妳不看連續劇嗎？」

小熊瞟了一眼電視機上頭播映的劇集。從片頭之後的前情提要來看，小熊知道它的內容是在敘述一名工作狂女子的戀情。但是，自稱忙碌的編輯卻做那種服裝及髮型，使得小熊認為這部片沒什麼了不起。儘管小熊過去認識的機車雜誌編輯也有人會花點錢買衣服妝點自己，但至少所有人都做著能夠隨時夜宿公司的打扮，無一例外。

「看這種東西也沒有任何幫助。」

正在看連續劇的浮谷，回了句「就是沒幫助才好呀」。對此，小熊向她打聲招呼告知下班，便走出辦公室。就在關上門的瞬間，小熊看到原先躺在沙發上的浮谷換了個坐沒坐相的姿勢，側身蜷縮起來。

騎著自個兒的Cub離開甲府辦公室的小熊，並未騎到自家所在的日野春，而是往反方向去。

儘管打工在上午就結束了，她仍然有很多事情非處理不可。大部分學生都決定好出路的高三寒假沒有作業，但小熊需要準備許多東西來面對未來的路，比方像是跟Super Cub相關的物品。她決定在高中畢業後也要繼續騎機車。

小熊已經蒐羅了不少零件，不過這次她又想買安裝所需的工具了。一旦施工技術提升，能夠自行解決的狀況變多，光靠千圓組合和事後添購的少許工具，根本不夠維修保養使用。

沿甲州街道而下，於勝沼外環道路前方左轉，在地方政府命名為水果前線的廣域農道稍騎一會兒，就會發現一間店家。他們的品項，和四下林立的果樹園或水果即售處很不搭。與其說是店鋪，更接近農田。對小熊來說，這家機車解體廠裡所熟成的物品，要比甜美的水果更具魅力。

小熊騎著車來到在廣闊的施工圍籬中，將許多機車及零件擱在屋外的解體廠。店家以及看似經營者的人，都跟小熊初訪此地時沒有兩樣。

解體廠老闆會令人聯想到盧卡斯電影中出現的機械人。只見被機車零件環繞的他，不發一語地在頂棚底下打磨著某項零件，連小熊經過面前都沒有抬起頭來。看到這個沉默寡言又面無表情的老闆，小熊總懷疑他的身體是由機械所構成，不存在人類的內臟或骨骼。

這想必是因為，隔著他平時身穿的灰色連身工作服所凸顯出的體型，看起來就像利用了幾根建築鐵條之類的物品組合而成。他的臉感覺像是拿機油罐或鍋爐打了幾個形似眼鼻的洞，頭髮剃得短短的天靈蓋宛如蓋子般放在機油罐前端。

小熊已經來過這兒好幾次，但她認為自己聽過這個火柴人開口的次數屈指可數。那鐵定是設置在他嘴巴的排氣口所發出的聲響，只是小熊誤認成說話聲了。小熊開始在羅列於此的解體零件之中尋找起工具。

小熊所撈的箱子裝著從報廢車輛上拆下來的工具，可是這些車載工具的品質方面大多只滿足了最低限度的需求，鮮少有她想要的優質工具。在天寒地凍之中翻找廢鐵的工程，讓小熊有點膩了。此時此刻，浮谷社長八成就像待在家一樣，躺在沙發上看著愚蠢透頂的連續劇。至少從小熊開始騎機車以來，她不曾對劇集、電影、小說這類虛構的故事產生過興趣。

不論是令人情緒高昂的冒險傳奇或是熱血運動魂故事，騎在機車上它們就會主動找上門來。如今小熊也像是在玩冒險遊戲或什麼似的，煩惱著該從何攻略起眼前這座工具小山。只要騎乘機車，就不需要憑空構想的電視連續劇。不過禮子卻非如此，她經常在看網路發布的外國影集。

當小熊找累了而稍喘口氣時，背後傳來一道聲響。

這間被農莊圍繞而靜謐不已的解體廠，直到剛才都只有傳出老闆打磨著某種零件的聲音，還有偶爾通過的汽車聲。其中一輛車停到了解體廠前面來。

這間不合時宜的解體廠，時常會有奇怪的客人上門。雖然小熊不曾從這個默不吭聲的火柴人口中聽見過什麼，但根據篠先生表示，知名改裝廠或是製造商負責策畫賽車活動的人，會前來尋找稀有零件。

停在小熊身後的車，和那些業者不太一樣。一度通過的凌志高級轎車在急煞後，又倒車開往店門口了。車子裡走下一名身穿整潔套裝的女子，她的打扮簡直就像剛剛小熊在辦公室裡所看的連續劇一樣。

女子甩動著感覺花了不少錢做的頭髮，衝向頂棚前。注視著火柴人的樣貌藉以確認的她，冷不防地流下了淚水。

「你是……藍地？你是藍地對吧？……總算找到你了……我找你好久了呀……」

開始騎車後，小熊一直認為自己不需要那些杜撰的連續劇。Cub會帶給她戲劇性十足的故事。

然而她萬萬沒料到，到解體廠來找Cub的工具，卻會看到一場午間連續劇上演。

33 機械的話語

小熊無意偷看別人演連續劇，但她蹲在放有小零件的架子旁，只能被迫從暗地裡窺看兩人的交談。

那名女子感覺像是剛剛在辦公室看到的連續劇女星，身上穿的栗紅色套裝不知是否特地為了配合車子的顏色。她面露又哭又笑的表情說：

「藍地，自從你離開大學後，我們研討班都不曉得有多麼辛苦。爸爸他……教授也覺得很遺憾。他說你無庸置疑地會是同期之中最快成為副教授的人選。」

火柴人對女子這番話毫無反應。他交互取用著椅子旁邊桌上所擺的金屬研磨劑，還有確認合模用的紅丹，以彷彿外科醫生般的手法打磨著零件。聽聞他在施工途中發出蒸汽火車冒煙似的聲音，女子做出反應。

「這就是你所謂的田野調查？你的論文當真需要獨自待在這種無人聞問的鄉下廢品

店嗎？這間骯髒的解體廠，究竟能讓你懂得民俗學的什麼了？」

小熊隱隱約約地察覺到，這位火柴人恐怕離開了某種高等教育學程。根據篠先生所說，機車的世界裡時常會有這樣的人。只為了普通的交通工具這個嗜好而白白斷送人生的心情，小熊倒也不是完全無法理解。不僅是機車，像是釣魚或電玩等等這些單純的休閒娛樂，一旦全心投入也會同樣變得不那麼簡單。篠先生裝模作樣地表示最甚者便是異性關係，但這方面小熊就不怎麼了解了。

火柴人持續打磨著零件，同時再次挪動頭部，發出類似蒸氣洩漏的聲音。女子臉上流露出悲傷的神色。那並非由衷之情，只是做給對方看的。這點小事，同樣是女性的小熊很清楚。

「你說要調查遍布山梨的水路，這怎麼可能辦到呢！做這種事有什麼意義？」

身穿套裝的女子，聽得懂火柴人在說些什麼嗎？當禮子發出煩躁的嘆息時，小熊有時候也會了解她的意思。小熊覺得這種互相理解不怎麼讓人開心，但對那女人來說似乎不一樣。

手邊在進行研磨工程的火柴人，一副順便似的看向一身栗紅衣的女子，而後再度吐出蒸氣。

「你沒有必要為了早已根絕的風土病做這種事！只要目前的論文通過，我就是副教授了。其他更有價值的研究需要你！爸爸也是這麼期盼的。」

火柴人又口吐蒸氣。不知何故，小熊覺得自己明白他在說什麼。面對這種口氣的女人，小熊會回嘴的話語並不多。

「好吧，今天我就打道回府了。不過，我一定會把你從這個孤零零的城堡給帶回大學去。」

或許是因為今天注意力不集中的關係，小熊並未找到自己屬意的工具。總之她拿了煞車皮和鋼索這些消耗品。擋在收銀檯前面的礙事女人感覺差不多要離開了。這也讓小熊打發了一集午間連續劇的時間。

當女子坐上凌志轎車離去後，小熊來到火柴人那張椅子前方的桌子，將裝有幾項零件的解體廠購物籃放了上去。火柴人一如往常地替零件秤重，再把計算出來的價格輸入計算機給小熊看。小熊支付了上頭顯示的金額，便離開店裡。

這邊依然比任何一家中古零件業者都便宜，而且零件的狀況也十分良好。除了沒有禮物包裝這項服務，小熊根本搞不懂怎麼會有女人抱怨這種店家，不過總之事情與她無關。小熊跨上自己停在外頭的Cub，踏上歸途。

隔天下午，小熊也出現在火柴人的解體廠裡。這裡倒也不是會天天造訪的地方，只是因為昨天那場奇怪的戲碼讓她疏於尋找，以致沒有買到必要的工具。在為了即將開始的第三學期還有升學準備而忙碌前，小熊必須盡早獲得那些器具。另外，她還聽篠先生說，有一位住在御坂的機車收藏家過世後，收藏品被死者家屬送到解體廠去了。小熊想早點前往現場，搶先買下那些零件。

當小熊抵達解體廠，端詳著良好狀態一如所料的Cub時，那個身穿栗紅色套裝的女子又開著相同顏色的凌志SUV來了。

「你今天也是孤零零地待在這兒呢。」

小熊知道女子講完這句話後表情就變了。彷彿看到幻覺的她反覆環顧著解體廠，期盼這一切都不是真的。遼闊的用地內到處堆滿了車體和零件，使得通道不怎麼寬敞的店裡，除了小熊之外還有其他客人。

禮子和小熊一樣，都是聽聞有車體送往解體廠的情報才來的。而看似給禮子騎車載來的椎，則是在撈著這裡不時會進的餐飲業車輛零件。小熊前腳才剛到，史後腳便騎著Motra來了。她的車有一邊後照鏡裂掉了。為了保護才騎沒多久就弄壞車子而沮喪不已的史，向椎借騎Little Cub的慧海也跟來了。

形形色色的客人，造訪了那名女子認為空無一人的解體廠。據說有在維修罕見機車的翻新業者、機車雜誌相關人士，以及廠商也常常會來找總公司已經沒有庫存的零件。

今天有五個女高中生，待在這個狹窄的解體廠之中。

當浮谷騎著FUSION到來後，女孩子變成了六個。這個空間洋溢著女人味，多到甚至足以蓋過解體零件傳來的機油味及鐵味，火柴人卻依舊只是在打磨著某個零件。栗紅衣女子渾身發顫，說：

「這……這個……這就是你所盼望的嗎？」

火柴人只回答了一聲「對」。最起碼小熊聽來是這樣。

34 女人的武器

駕駛凌志轎車的女子，茫然眺望著在解體廠裡頭喧鬧奔走的六個女生。

店裡最深處有一座機車山，禮子正在那裡翻找著。

過去曾有一名銀行業務，騎著裝有黑色鐵箱的外務Cub，參加由北京到烏蘭巴托的拉力賽。

儘管以郵政Cub參賽的第一年便中途淘汰，不過第二年換成Hunter Cub挑戰，就順利騎完全程了。

那輛Hunter Cub目前仍放在愛媛銀行裡展示，而初次出場的拉力規格郵政Cub則沉睡在山梨縣的解體廠中——禮子似乎相信這樣的都市傳說。

浮谷之所以會蹺班來此，是因為無法滿足於市售FUSION的黑色塗裝，而想來找外裝零件當素材自個兒塗成亮黑色。

個頭嬌小的椎跑遍了整個解體廠的角落。她搭禮子便車來此的目的，是要找拉麵店或蕎麥麵店的機車報廢時經常會一塊兒收下的鋁製提箱，以及吊著它的外送機。然而，閉門在家讀書的椎因許久沒外出而雀躍不已，結果正在品評著感覺能裝在Little Cub上的配件。

慧海來幫史尋找她撞裂的Motra後照鏡，目前正到處從報廢車輛上拆下鏡子來。小熊想說慧海打算替Motra加裝一堆鏡子和燈飾，弄成以前英國流行的摩德改裝風格，可是禮子告訴她那些大部分都是採用反牙螺絲的山葉產品，無法用在本田的車上。難得收集一堆後照鏡卻不能用，似乎使她大受打擊的樣子。

無視於慧海四處挑選著適合史的後照鏡，史本人卻是好奇地偷瞄著義大利製的速克達——比雅久偉士牌。它是等待解體的其中一輛機車。搞不好史和機車這個從未體驗過的嗜好意外地合拍。對其他機車三心二意，是愛好者極為常見的毛病。小熊是把Cub當作改善生活的最佳道具，而非興趣或賞玩品。這樣的她原以為那種事和自己無緣，但以前她在受篠先生之託運送寄店機車給客戶而騎上NSR250R SP版時，靈敏的加速性和爽快的換檔感，令她忍不住在中古車網站上調查了價錢。

老實說，小熊沒想到會和史成為因機車而相繫的同伴，畢竟她們倆的學年與個性都

不同。最起碼，小熊過去只會承認展現出操駕或維修本事的人是夥伴。兩者皆不具備的史，不知不覺間卻待在小熊身旁了。宛如幽靈一般。

史在渾然不覺時，利用著稀薄的存在感和最低限度的生命力當成自己的武器。小熊並不清楚這和她們協助維修並重新上路的Motra是否有關，史如今存在於小熊的人脈之中是不爭的事實，而小熊八成也被加進了以史為中心的人際關係裡。無心插柳、極其自然。這便是人際關係有別於機械或程式架構的奧妙。

栗紅衣女子口中那個叫藍地的解體廠老闆，則是絲毫沒有任何改變。眼前有一批女生在吵吵嚷嚷，他卻只是坐在小小頂棚的椅子上，打磨著某種零件。栗紅衣女子後退了數步，說：

「我還想說做這種垃圾場有什麼好開心的，原來是這麼回事呀。我懂了，我再也不會到這兒來了。這件事我會向爸爸……向教授報告。」

猶如阪急電車的栗紅色凌志ＳＵＶ停駐在女子背後。這時她朝車子邁步而去。

偷聽著機械人老闆和女子交談的小熊發出了「啊……」一聲。小熊對她的行動產生了不好的理解。

禮子說「也難怪會變成這樣呢」，椎也悄聲說著「之後有好戲……之後嚇人了」，慧海不發一語地聳了聳肩，史則是一臉同情地望著火柴人。幽靈看著即將詛咒致死的對象，就是那種眼神。

浮谷雖然找不到理想的外裝零件，不過發現了用在早期黑板的黑色塗料。滿心歡喜的她，望向凌志轎車駛去的道路，說：「她一定還會再來的。」

感覺不僅是栗紅衣女子離去的原因，甚至連她來此的理由都不明白的老闆，依舊打磨著手邊零件。或許對這個看似以鐵管組合而成的火柴人來說，不論是小熊等人或是知曉他過去的栗紅衣女子，都和長滿在解體廠四周的梨子或葡萄一樣。

唯一可以確定的是，栗紅衣女子之所以歇斯底里，還有她下次多半會採取的行動，只要火柴人還是個男人不會懂，而身為女性的小熊她們非常清楚。至少那女人到這兒來的理由並不只是為了自身研究或論文，也並非民俗學研究這個藉口。而是更為單純，一個對女人而言很重要的理由。

小熊不甚了解栗紅衣女子對火柴人抱持的情感為何。只不過，縱使不清楚人類情緒的樣貌或排列組合，她也覺得隱隱約約地瞧見了色彩。

並非純粹的紅色或少女般的粉紅色，而是在那些情感裡摻雜了多餘事物的栗紅色，就像那女人身上所穿的套裝一樣。

女人基本上只會打有把握的仗，沒有勝算時會維護著面子果斷撤退，備妥打得贏的武器再捲土重來。想必那名栗紅衣女子只是嘴上說說不會再來，卻會帶著某種武器再次現身吧。用途最廣泛且強力的武器，就是金錢和地位。

一直坐在整箱工具前的小熊站了起來。鬧成這樣，實在讓她沒法好好地尋找必要工具。她對火柴人和栗紅衣女子之間發生過什麼事沒興趣，只是既然人家免費上演一齣午間連續劇給自己看，那麼好歹可以說些心得吧。

小熊走出解體廠，叫住了正要坐上外頭那輛凌志轎車的栗紅衣女子。

聽到小熊的呼喚，栗紅衣女子一臉納悶。

「我很清楚這是在多管閒事，可是我正在那間店裡找尋很重要的東西，不希望兩位的問題繼續拖下去。可以讓我協助您解決嗎？」

栗紅衣女子凝視著小熊好一會兒，而後一度別開眼神，按下遙控器按鈕發動身後那輛凌志轎車的引擎，同時開口說：

「妳願意……聽我說兩句嗎？」

小熊覺得如果這女人頭腦冷靜，就會拒絕一個陌生女高中生雞婆管事了。然而，看到了什麼印象深刻的衝擊場面導致腦袋一片混亂時，那可就難說了。女人在這種時候會想找人靜靜地聽自己述說。如小熊所料，套裝價格昂貴到感覺買得起一輛全新Super Cub的栗紅衣女子，打開能買下二十輛Cub的凌志車門，邀她上車。

小熊不曉得怎麼建立起人類的情感與關係，不過稍微懂得如何驅動人腦這個機械裝置。別看我這樣，我平常可是在應付更複雜的東西——內心如是想的小熊，瞥了一眼解體廠裡頭的Cub。

懂歸懂，卻不能理解；能夠驅策它，卻無法貼近。經過失去雙親以及當時與悲嘆大相逕庭的心情，小熊稍稍理解到自己並不像人們一樣，擁有許多理所當然的事物。小熊身為孤兒，缺乏的不僅是金錢而已。

栗紅衣女子看似充分懷有小熊缺少的情感和金錢。或許正是對她所抱持的興趣，讓小熊採取了不若平時的行動。

「妳要喝茶嗎？」

栗紅衣女子從凌志轎車的中央置物箱拿出罐裝紅茶遞給小熊，不過她卻搖了搖頭。

小熊上午才在打工的快遞辦公室裡喝過咖啡，而且開有暖氣的車內溫暖得令機車騎士羨煞不已，小熊這樣就覺得夠了。

「可以請您告訴我詳情嗎？」

栗紅衣女子打開遭小熊婉拒的紅茶喝了一口。小熊聞到罐裝紅茶甜膩的氣味，便覺得拒絕是正確的。

「藍地他呀，是和我就讀同一所大學的同學。」

小熊也有把民俗學列為大學專攻科系的候選而稍微調查過，以文組來說它上課與實習的時間相當長。心想如此一來就沒空打工的小熊，很快地就把它排除在選項之外了。

「在大學鑽研民俗學時，他的論文就已經很精采了。民俗學的研究價值呀，是靠資料量和田野調查來決定的。」

小熊對民俗學的知識只略知一二，於是猜想大概就像決定機車速度的便是馬力和操控性一樣，不然就是決定續航距離的汽油量和油耗。這些條件在人們想方設法努力前，形勢已大致底定了。

「每次藍地去田野調查帶回來的資料都很驚人。他不是去觀測調查對象，總是自個兒成為對象。我爸爸和研討會的夥伴都很期待他的表現。」

小熊回顧起認識火柴人之後的事。縱使他是別有目的，而非單純喜歡機車才做解體廠，對小熊來說他也只是個解體廠老闆，其他什麼也不是。

「當時我們兩個相愛著。是我向教授介紹藍地進入博士班的。把他的備忘錄寫成論文的人也是我。藍地的遣詞用句太純粹，只有我才懂。」

火柴人看起來確實缺乏溝通能力，可是像篠先生這樣長期關照解體廠的人，聽到他漏氣似的說話聲，都有正確理解到他的意思。小熊也漸漸變得像他們一樣。這個看似自我意識強烈的女人，大概只是身為教授的女兒這個立場遭人巧妙利用了吧——小熊心底這麼想，卻隻字未提。

「就在博士論文已內定通過時，藍地忽然對我不告而別，從大學裡消失無蹤了。我想盡辦法四處找他，但都沒有發現他的下落。我很想忘掉他，卻不論如何都無法死心，於是重新調查過他的研究，才曉得他在考察曾經出現於山梨的風土病。每次休假我都會鉅細靡遺地在山梨縣裡尋找，最後才終於找到他。」

小熊聽篠先生提過，這家解體廠的老闆從年邁創始人換成火柴人已經大概六年了。儘管栗紅衣女子拿手帕按著眼角，小熊卻覺得這番話的內容很突兀。山梨並非那麼遼闊

的縣市。有意找尋一個並未躲躲藏藏的人，應該花不了太多時間。當機車狀況變差，最後發現是引擎出毛病時，小熊有時會覺得哪裡怪怪的。表面上是引擎出問題，其實車體本身存在著引發問題的原因時，經常會令人有這種感覺。

「您是想來找那個叫藍地的人嗎？」

栗紅衣女子眼中流露出強烈的情緒，望著小熊說：

「那還用說！我和藍地彼此相愛，如今也需要對方呀。」

這女人激動的言詞底下隱瞞著什麼，狀態宛如吵雜的引擎聲害小熊聽不見其他部位的噪音。倘若是機械的話，那麼發出噪音的地方便是故障的根源。小熊認為那就是人的真心話。小熊有種衝動想分解維修這個女人看看，可是人類並不像Cub一樣，只要拆掉兩顆螺栓就能取出引擎來。當小熊不知如何是好而默不作聲時，對方竟然主動坦承了。不曉得是否出於罪惡感。

「看來對妳講些表面話也沒用。對啦，我需要藍地累積的研究成果，才能當上副教授！這沒什麼不對的吧？」

小熊附和了一聲「是呀」。到頭來，這女人也是為了功利而行動。名叫藍地的男人和教授的女兒發生關係，享受著那份利益，等到必要時期結束時就拋棄了人家。這個栗紅衣女子也是因為不認同他的研究內容有價值，而放任他銷聲匿跡好幾年，事到如今有需要了才來搶。

就小熊看來，這些情感並不醜陋。在機車的世界裡，以利益彼此維繫的人際關係，只要好處還存在就值得信賴。至少比小熊不太了解的男女之情還好懂。

如果鮮紅的戀愛情感裡加入了其他慾望，紅色就會變成其他顏色。小熊還比較喜歡昔日曾用在皇室車輛的栗紅色，勝過接近大紅的色彩。

多少摸清楚了雙方底細的小熊，試著對栗紅衣女子說：

「若是您想要他，那麼拋下一切再自個兒找上門來如何？」

栗紅衣女子一如預料把小熊當成小孩子，笑道：

「世上的事情沒有那麼簡單啦。我也有身在大學裡的立場，獨斷獨行會給很多人造成困擾。因此我要把藍地帶回大學去。非他莫屬的工作在成城的研究室裡，而不是這種鄉下解體廠。」

身為一個有在接觸機車和機械的人，遭人看輕讓小熊有點火大，不過她目前還是選擇了盡可能優先排除礙事人物，好完成原本尋找工具的目的。

「我有個提議。我可以打一通電話嗎？」

區區一個女高中生，又有什麼辦法處理大人之間的男女問題？無視於心感納悶的栗紅衣女子，小熊撥了某個號碼出去。

35 人與物

隔天，小熊待在火柴人的解體廠裡。

這幾天她被捲進以火柴人為中心的人際衝突，可是依然要在有限的寒假之內，趁打工空檔找尋保養Cub的必要工具。

而今她也在撈著木箱，裡面放滿了成堆從報廢車輛拆下來的車載工具。

事實上，能在緊要關頭借用了事的工具，等寒假放完開學再找也不遲。或許小熊是想見證自己涉入的這起事件始末，也就是火柴人與栗紅衣女子上演的這場午間連續劇。就算是無聊透頂的劇集，一旦剩一集就大結局，自然會萌生想看看完結篇的念頭。

火柴人一如往常地動工打磨著某種零件，對小熊的造訪毫無任何反應。他的身體怎麼看都像是機械而非血肉之軀，那項零件果然是要用在自己身上的吧。也許當他完成零件合模並親自組裝上去後，至少就會露出一臉討好的笑容了。

那名栗紅衣女子稱呼火柴人為藍地，並對他投以牽扯到私利的愛情。和她商量過的小熊提出了自己的辦法，而小熊猜測那女人大概會花上數日到數十日才付諸行動。起碼在這段期間內，小熊能夠專心找尋工具，不受任何人妨礙。

找破頭也找不到好貨而開始厭膩的小熊望向火柴人，他就坐在數公尺之外的頂棚底下。接待客人時的他，正面看起來很像在機油罐或鍋爐上打洞當成眼鼻，不過側臉卻有些不同。

小熊不明白差別到底在哪裡。那宛如鑄件，看似與日曬和出汗等生理現象扯不上關係的皮膚，以及單純只像是孔洞，沒有瞇細或吊起等情感變化功能的眼眸一如既往。然而，昨晚小熊知道了他幾件事情。

小熊也曾經在鄉土史課程中聽過山梨的風土病。他所進行的田野調查非比尋常，是要追尋病狀發生、肆虐，到之後靠著縣民團結努力而根絕的一連串過程。為此，他選擇了在此地紮根當個山梨人，而非以研究員身分打聽消息或收集資料。

原先以為火柴人是個冷血機械，不過看來他的情感要比小熊所想像的還豐富，不僅有情緒，而且可能相當善良。他並非失去了人心，而是目前暫時讓它沉睡在人格深處，等待著機械再次化身為人的時刻。他辨得到說話和表達情感這些充滿人味的行動，只是缺乏必要才沒有那麼做罷了。

搞不好自己無須繼續到處操勞奔波了——小熊才剛這麼想，就有一道險惡的聲響接近而來。

和引擎聲相比，輪胎所發出的噪音來得更大。那輛依舊似車非車的交通工具，小熊不怎麼喜歡。有如阪急電車般的栗紅色凌志ＳＵＶ開過來了。車子發出的聲響，比小熊起初聽見時還要沉重。

凌志轎車後方，連接著一輛大小接近貨物列車的銀色拖車。

轎車停在小熊前方。小熊本想在被麻煩的女人纏上前脫身，可是那個身穿栗紅色套裝的女子一下車就朝她跑了過來。

栗紅衣女子拍打著她拉到這兒來的大型拖車，說：

「我買下來了！」

那是一種叫Airstream的拖車。

這款以航空鋁合金打造的流線型露營拖車，是在美國製造、販售的產品。

車體外觀像是裁短後的列車，而裡頭收納著獨立寢室、廚房、淋浴間、附帶沙發的起居室等所有一切生活必需品。

日本也有引進這種格局和日規露營拖車相差甚遠的移動房屋Airstream，並用在別墅或店舖等用途上頭。

小熊之前認識到開著輕型露營拖車在全國各地旅行的椎的祖父，並聽說他在買下那輛車前，換過好幾輛露營拖車的事情。

椎的祖父和國內外幾家製造、販售這種車的業者有交情，他希望哪天小熊要買的時候找他談談。小熊透過這個管道，協助栗紅衣女子購入了Airstream。

小熊半逼問著栗紅衣女子：

「我聯繫並介紹給您的人是我的恩人。您應該沒有強人所難，丟我的臉吧？」

栗紅衣女子咯咯笑道：

「是惠庭先生自己說『基於這種目的，最好立刻買下來』的喔。他表示男女之間的關係就是這麼回事。」

椎的祖父自稱上哪兒去都受女人歡迎而大傷腦筋，看來這次他多管閒事了。拜此所賜，小熊預計還能持續一段時間的平穩，不到半天就被打破了。

看到栗紅衣女子與Airstream，火柴人的表情也沒有絲毫變化。小熊有點同情起他來了。世上有個擾民的女人，硬是要去扭曲男人心中堅定不移的事物。搞不好他命帶桃花劫也說不定。小熊原以為自己站在火柴人那邊，結果卻倒戈向栗紅衣女子，夥同她打亂火柴人的生活。

栗紅衣女子再次拍了拍Airstream，說：

「由今天開始，這裡就是爸爸的民俗學研討會分室。屬於我和藍地的。」

事情會變成這樣，小熊也推了一把。到最後，栗紅衣女子依然無法拋下一切直奔火柴人身邊。

假如在大學裡的立場與研究和她密不可分，那把學校搬過來就行了。至少小熊會這麼做。

小熊前陣子確定升上大學，知道了宿舍禁止騎機車而得被迫脫手Cub時，她選擇自行打造一個能夠騎車的生活環境，拒絕了應有盡有的豪華宿舍。

年長許多的人來找自己談男女之事，小熊根本無從回答。因此小熊徹底忽略了與此事相關的人類情感，只看物質層面來提出一個必要之物，而非解決方式。她不太了解人

的事情，不過比世上許多人多了一點面對Cub或機械的經驗。剩下只要利用自個兒的門路，安排對方獲取必需品即可。

火柴人平時所待的頂棚後方，有塊地方看似解體廠的用地。栗紅衣女子大搖大擺地走到那裡去，說了句「這兒不錯」之後，打算直接把Airstream運過去。

靠汽車牽引的Airstream採用了輕量航空鋁合金車身，因此能夠在現場利用人力移動。

栗紅衣女子原本想獨自拉車卻似乎辦不到，於是她向堪稱本案共犯的小熊說：

「來幫我一下！」

小熊沒有出手幫忙的意思。她不願繼續協助栗紅衣女子的所作所為，而且這麼大一輛露營拖車，八成應該由其他人來推才對。

一直無視於背後上演的騷動，一個勁兒地打磨著零件的火柴人，這時終於把東西放在桌上並站了起來。接著他和栗紅衣女子一塊兒推著入侵自身世界的Airstream。

小熊將事情交給他們後，便離開了現場。來此尋找工具這個主要目的，感覺不會有什麼收穫了。而另外一件不怎麼重要的目的——欣賞午間連續劇，故事似乎只剩下片尾名單了。

舉凡像是火柴人的人際關係，或是栗紅衣女子身在大學的立場，人們各自懷有沉重的負擔。不過只要願意花時間，就能以人力推動事態進展。當然，人與人攜手合作就更省事了。

也許之後他們倆會在討論之中起一番爭執，萬一遭受波及那可受不了——意圖速速撤退的小熊前往停放Cub的解體廠入口時，背後傳來了漏氣聲。

被叫住的小熊轉頭看去，只見火柴人又發出了口吐蒸氣的聲音。如今小熊可以完全理解他的話中之意了，因為他倆的關係已經不再是陌生人。小熊回答道：

「不用客氣。因為我平時都受您的照顧。」

栗紅衣女子衝了過來，對小熊說：

「謝謝，真的很感謝妳。假如妳碰上什麼麻煩就聯絡我，我一定會幫妳的。」

女子說著說著便遞出一張名片，上頭印著世田谷區成城某間大學的名字。小熊接過名片，並把浮谷社長替她這個臨時工印製的機車快遞公司名片遞交出去。

火柴人把手伸進小熊剛才翻找的車載工具木箱，再把拿出來的東西拋進小熊跨坐的

機車前車籃裡。那是一只骯髒的皮箱。小熊拿起來打開一看，發現裡面裝的是工具。帶點深灰色的扳手和螺絲起子比小熊持有的不鏽鋼工具還輕，感覺風一吹就會飛走了。

心想「金玉其外，敗絮其中」的小熊有些失望，不過既然是免費的東西，她還是心懷感激地收下了。

戴上安全帽的小熊發動車子引擎，離開了解體廠。

傍晚，回家時順道繞去校前超市的小熊巧遇了禮子。她一看見小熊收到的工具，便一如字面所述跳了起來。

「這是麥拉倫F1的車載工具耶！」

不分國內外，車載工具通常都只有最低限度的品質。小熊也未能在解體廠找到精密度和強度優秀的工具，但部分高級車輛則是例外。

刺激著車主占有慾的真皮工具箱，收納著與車體價格相符的一流工具。尤其是售價一億圓的麥拉倫F1上頭的FACOM工具，更是鈦合金製造的頂級品。據說中心防鬆螺帽扳手等用具，光一件就不下十萬日幣。

原以為自己帶著看好戲的心態被捲入了出乎意料的麻煩中，結果卻獲得了始料未及的報酬。小熊讓FACOM工具加入Cub的車載工具行列中，同時心想：自己多多少少改變了藍地的人際關係。或許這些器具稍稍顯現出了那段關係有多麼可貴也說不定。

感覺一吹就跑的暗灰色鋁合金扳手，在小熊手中卻是沉甸甸的，看似發出了光芒。

36 好為人師

小熊把車子停在停車場不久，就發現有道目光正對著自己。一瞬間側眼望過去的她，帶著「別看我、別過來、別向我攀談」的念頭，盡可能努力不和對方四目相望。

或許是平日素行不良之故，對方無視小熊的盤算，逕自接近而來。

「小妹妹，那個……那是妳的嗎？」

小熊聽不懂這個人在說什麼，可以的話她並不想理解。為了以最低限度的卡路里消耗結束這段對話，小熊看也不看對方，回答道：

「是的。」

話說出口，她才察覺自己做了錯誤的選擇。倘若出言否定，也許就能迴避之後的麻煩事了。小熊當下心想「肯定無須理由，但否定需要」，可是基本上她沒有義務對這個人一一解釋清楚。

小熊感覺得到，這個人聽聞自己簡短的答覆後，心情好了起來。早知如此，就學其他女生的慣用伎倆，拿出手機假裝在看東西就好了。然而，才擁有手機幾個月的小熊，是從機車所需的必要用途開始學，還不習慣一般使用手機的方式。

「小妹妹，妳……妳居然騎Cub，還真罕見耶。那是化油款對吧？我……我也一樣騎過Cub喔。」

自己居然還在陪笑，小熊覺得真不可思議。坐在Cub座墊上的小熊，人在位於車站前巴士總站邊緣的機踏車停放處。她對這個冷不防地上前搭話的男子感到十分煩躁。

昨天小熊才被捲入平時關照自己的勝沼機車解體廠，以及他身邊的女人所上演的一場午間連續劇中。今天是高三寒假的最後一天，她受篠先生之託來到了甲府車站。

自從小熊開始騎機車，這裡對她而言就像是附近的生活圈一樣。即使是隆冬時節，白天出太陽時只要穿上附有羊毛內裡的機車夾克，騎乘防風性能優異的Cub出門根本算不上負擔。

小熊把Cub停駐在站前的免費停車場中，側坐在座墊上。在她膝蓋的位置有一只Cub原廠的多用途掛鉤，上頭吊掛著包有杯套的寶特瓶茶飲。就在小熊喝了一口時，那名男

子便走了過來。

這座機踏車停放處，是劃分了巴士兼計程車總站的部分空間而成。隔著這裡和公共廁所的另一頭有吸菸區。男子身上隱約有股菸味，不曉得是不是從那裡過來的。

小熊本身不抽菸，不過並不怎麼排斥菸味。基本上她所騎的Cub，會因排氣或機油發出更濃烈的臭味；而篠先生也會經常跑到店面後方抽菸，不顧店裡是否有人。小熊並不討厭他那帶有微微香堇花味的沖繩香菸，還有紫色的外包裝。

只是，氣味這種東西似乎和對當事人懷抱的情感有著密切相關。小熊無論如何都沒辦法喜歡這名男子散發出來的菸味。

男子所穿的那件牛仔褲，感覺價格要比二手商店時常可見的標準款還低了一階，上頭還附有用途不明的吊環和口袋。光是這副模樣小熊就不太喜歡了。

還有圖案搶眼，布料卻十分單薄的休閒衫；唯獨模仿了軍用G-2飛行夾克的外觀，穿舊了之後只凸顯出素材廉價感的外套；以及看似網購買來的健康器材，混合了皮鞋和運動鞋設計的健走鞋等。身上衣物淨是些便宜貨，花白髮際線已後退不少的卑微男子，以一副從剛剛開始就和小熊相談甚歡的口吻說：

「我……我也有騎過Cub喔。我對它挺了解的。所以……所以如果妳不嫌棄的話，我想教妳一些相關知識。」

小熊祈禱自己煩躁不已的情緒有寫在臉上，並傳達給對方。小熊曾被這種人搭訕過許多次，禮子及椎也有碰過。

騎機車的女生，偶爾會遇見這種好為人師的叔叔。

小熊原本打算徹底忽視他，可是考量到招致對方勃然大怒的可能性，缺乏交談經驗的她，還是靠自己擠出了粉飾太平的話語來婉拒。

「不好意思，我正在工作。」

這是小熊的打工地點——機車快遞公司浮谷社長的慣用句。對浮谷來說，吃點心和玩手機遊戲都算是工作的樣子。據說自己開公司，就會學到如何以最低限度的勞力拒絕不時上門的推銷員。

不曉得是錯過了抽身時機，抑或是覺得打退堂鼓只會顯得自己很淒慘，只見男子依然糾纏著小熊。

「怎麼可能，小孩子找這種藉口也不管用啊。我看得出來喔，妳覺得和叔叔講話很麻煩對吧？但是……但是啊，既然妳要騎機車，就得乖乖聽機車界前輩教導才行。不然一旦狀況嚴重，可是會死的喔。」

這時，小熊回想起曾經聽椎提過，女生如何取悅男人的話術。「真厲害！」「我都不曉得！」「好棒喔！」「你真有品味。」「是這樣嗎？」男人似乎都希望後生晚輩對自己這麼說。多虧這個叔叔，小熊徹底體會到椎為何自己說著說著都快吐了。

「聽好了，Cub的煞車啊——」當男子對小熊伸出手之際，她注視著車站出入口，並舉起男子試圖碰觸的手臂大幅揮動。

「我在這裡。」

離開車站後環顧著總站的人，一認出小熊的身影便跑了過來。這個做工作褲和棒球外套打扮的少年，體格和小熊差不多。

「抱歉，我來晚了。妳等很久了嗎？」

坐在機車座墊上的小熊站起身子，掛著微笑搖頭道：

「不，也沒多晚啦。」

距離兩人約好的時間已經過了幾分鐘。感覺不習慣搭電車移動的少年似乎是從月台跑來的，只見他有點上氣不接下氣。完全不對此事做任何辯解，讓小熊很有好感。

少年交互望著小熊和一直糾纏不休的男子，接著後退了幾步。

「你們正在談話嗎？」

小熊當成身邊的男子根本不存在似的走向少年，並指著他背上的圓筒包說：

「這個很重吧？」

從旁觀看兩人交談的男子對小熊咒罵著歧視女性的話語，同時離開現場。這也是好為人師的叔叔具備的特徵，小熊曾經聽禮子及椎提過。發現女高中生就會上前攀談的叔叔，一見到目標和同齡男生交談便會逃離。小熊不懂這種習性和心理，也不想去理解。

當椎被這類男子搭話而約好碰面的慧海接近時，對方與其說是把慧海誤認為男人，更像是怕了她銳利的目光而逃逸。禮子遇到相同情形時，則會以看電影學到的幾句越南話回應，讓對方咂著嘴離開。

小熊至今受過許多人們教導，才能繼續騎著Cub。正因如此，當她需要求教時，會致上敬意並付出代價來仔細聆聽。像這種毫不考慮他人狀況的厚臉皮大叔，小熊沒有問

題要問他。

少年帶著看向怪怪路人的目光，瞟著離去的男子。接著他放下肩上的圓筒包，讓小熊看了裡頭的東西。那是以緩衝材料包裹的Cub引擎。

篠先生就是拜託小熊來接收這顆引擎。他有個在御殿場開腳踏車行的朋友。對方所照料的Cub要做大規模維修，因此引擎就外包給篠先生這邊負責。前來甲府收取這顆引擎的小熊，還被好為人師的怪叔叔給纏上了。

小熊有詢問篠先生帶引擎來的男生具有什麼特徵，但就在素不相識的他走出車站的當下，小熊便隱隱約約察覺到對方是自己的同類了。自稱騎過Cub的叔叔，則沒有那樣的氣息。不管他那段往事是真是假，一旦想利用這點來做些什麼虧心事的時候，就已經不單純了。

少年雙手捧著行李有十多公斤的圓筒包。儘管他的手不住顫抖，卻是憑自己的雙手穩穩拿著。

「我不是第一次扛著這東西搭電車了。我去買目前裝在車上的預備引擎時也有這樣過。雖然那是國外製造的複製品啦。」

少年嘴上逞強，卻是一副覺得沉重不已的樣子。小熊單手接過圓筒包並收進Cub安裝的後箱，然後說：

「我對那個也很好奇。它感覺如何？」

少年拿出手機，給小熊看他搭載了預備引擎的Cub照片，還有騎乘時的影片。

「它很棒喔。不僅目前沒有故障，而且起步速度快到嚇人。」

圖像裡的Cub是本田販售來當作送報車種的Press Cub。它看上去感覺沒有改裝，不過車身和後箱貼有印了動畫角色的彈性貼紙——PVC包膜，也就是所謂的痛機車。當成基底的Press Cub本身是營業用車。痛車規格和那種形象大相逕庭，卻也並未損及它的實用性。這輛車令小熊興味盎然。

小熊湊近少年的臉窺看手機，少年則是露出十分在意的模樣偷看小熊騎來的機車，而非對她本人感興趣。

「化油版Cub真不錯。它有爆胎過嗎？」

小熊伸手操作少年的手機，滑動著畫面答道：

「爆過幾次，不過沒有那麼多啦。」

少年一臉欣羨地看著小熊的車，說：

「我的Cub不知怎地成天爆胎，尤其偏偏會選在重要的時刻爆。今天我原本也預計騎車過來，可是一出門就爆胎，只好搭電車來了。」

小熊揪著少年的手臂，說：

「爆胎如此頻繁，應該是哪裡不太對勁吧？你最好親自檢查一次看看，像是懸吊系統之類的地方。」

看似在意著回程電車的少年，略嫌小熊煩人似的回答：

「維修保養我統統都交給附近的腳踏車行負責。畢竟我自個兒動手也弄不好嘛。」

小熊抓著少年的手加強了力道，並說：

「維護懸吊並沒有那麼困難。」

少年的手臂固然纖細，可是雙手更細的椎和史都有盡己所能自行處理。不過也有像浮谷社長這樣，有能力卻依然委託出去的人就是了。

「我來教你吧。」

手臂被小熊拉過去的少年，眼神就像方才小熊看著好為人師的叔叔那樣。

感覺少年在思考該如何婉拒並逃離這個麻煩人物。見狀，小熊才察覺自己不知不覺間成了「好為人師」那方的人。

少年假裝有電話打來而掙脫小熊的手，對她道了一個徒具形式的道謝便離去。之後小熊便撥了一通電話給慧海抱怨訴苦。

37 傷停補時

小熊回想起「冬天的山上銳利如刃」這句話來。

夏季的山裡溫暖又舒適，是個最適合休閒的去處，可是冬天光是移動身子就會傷到肌膚。

這番話屬實抑或誇大其辭，只要看到現在的狀況就一目了然了。

地面勉強有土壤露出來，可是一整天都是凍結的。除此之外還有刺出的樹枝，以及左右逼近的雪牆。它們全都既堅硬又鋒利。

在能夠輕易劃傷人體的尖銳物包圍下，小熊騎著車跑。

眼見前方揚起雪煙，小熊反射性地一點一滴輕輕拉下煞車。萬一操控失誤使得後胎打滑，她就會連人帶車摔落谷底。

小熊把機車停在帶頭的禮子Hunter Cub正後方。她先是慎重地判斷能夠立起腳架的地方，才放下側腳架下車。

已經下車的禮子，手上拿著一把偌大的斧頭。小熊也拿起綁在自己車上的鏟子，同時說道：

「有樹倒了？」

「嗯。」

倒下的白樺樹，擋住了小熊與禮子所騎乘的登山道路。

即使有一棵無枝針葉樹橫倒在地，小熊她們也能合力抬起車子通過，但不知是否發生了小規模土石流，有好幾棵樹疊在一起堵住了路。如此一來，她們根本跨不過去。從剛才起，兩人就被這種障礙物絆住了好幾次。小熊與禮子很清楚抱怨只是平白浪費無謂的熱量，因此她們拿起斧頭和鏟子排除倒樹。

小熊看向手錶。寒假只到昨天為止，今天是高三第三學期的開始。這時候同學們應該都參加完體育館裡的開學典禮，回到暖烘烘的教室去了。

冬天的山裡四下都有銳利的危險埋伏。小熊與禮子便在此處過著寒假的傷停補時。

浮谷社長打電話過來的時候，天都還沒亮。

小熊看到手機來電畫面時，猶豫著要不要忽視它。特地早睡以免剛開學就遲到的小

熊，在這個早過頭的時間被電話吵醒也是會不高興的。

結果，小熊想說浮谷應該是有要事才會打來，於是拿起了手機。儘管浮谷這個人懶散又隨便，不過她以為其他人也都跟她一樣好吃懶做，所以就算會去妨礙人家工作，也不會阻撓別人休息或玩樂。

「小熊？抱歉喔，在這種時間打給妳。」

浮谷的第一句話就讓小熊產生了突兀感。她接著說下去的口吻，要比平時還嚴肅且鄭重。

「今天起我會有一段時間不在公司。我有拜託其他人交接了，可是想說也會給妳添麻煩。」

小熊帶著起床氣，說道：

「這是為什麼？」

一陣短暫的沉默過後，浮谷事不關己似的娓娓道來。當心中有各種情感即將潰堤的時候，人們的語調經常會變成那樣。

「我突然得外出一趟。不是什麼大不了的事情啦。只是我非去不可。」

被電話吵醒就已經很火大了，這時小熊更是毫不掩藏對浮谷所抱持的情緒。

「我一直以為自己挺了解妳，認為妳在路上值得信賴。但妳並非如此嗎？」

小熊這番話，讓浮谷對著話筒哭了出來。

「小徹她……小徹她要死掉了。」

小熊安撫著倉皇失措的浮谷，一字一句地清楚聽完她說的話。

昨晚發生了地震。

略強的搖晃和手機緊急快報一度吵醒了小熊，但沒有公寓崩坍或交通混亂的危險，而且明天的開學典禮很遺憾地應該不會停辦，於是她又繼續睡了。

地震在小熊居住的山梨北杜並不怎麼大，可是在震央長野縣釀成了一些災害。

舉凡像是停電、房屋倒塌，以及道路中斷這些狀況。長野縣內多半都是山岳地形，有幾座鄉鎮村落因此無法與其他地區往來，形成了孤立聚落。

儘管縣內縣外都在夜間建立起了救援體制，可是國內其他地區才剛發生過大規模災害不久，人手實在不足以排除孤立狀況，因此可以料見天亮後正式展開的救助活動，也會產生混亂及延遲。

浮谷的想法也和小熊一致，認為救災是擁有技術及裝備的專家該做的事，像她們這

種外行人想做些什麼都會礙手礙腳。直到一通電話打到浮谷的手機來為止。

浮谷有個從幼稚園起一塊兒長大的兒時玩伴叫小徹。

小徹和浮谷畢業於同一所高中，並在長野的國立大學考取教師執照，之後她便到位於小型聚落的分校赴任了。那裡是長野北部的黑姬高原。

黑姬山的山麓亦被稱作為信州富士。受到黑姬聚落這個知名度假勝地的美麗風土吸引，志願成為分校唯一一名教師的小徹，過著充實的每一天。此時發生的地震，使她平穩的日常生活分崩離析了。

聚落居民沒有人員傷亡，並順利集合到當作避難所的分校，但連結聚落與山麓的唯一道路已崩塌，修復遙遙無期。

在水電及電話都中斷的情形中，居民勉強還能透過電量尚未耗盡的手機聯絡地方政府，不過長野縣的救助計畫是以急重症病患所在的聚落為優先，救助隊至少也要三天才會到分校所在的聚落去。

仰賴山麓的黑姬車站一帶購買糧食或日用品的聚落，食物已經快要見底了。自來水停止供應，抽取井水的幫浦也因停電而無法運作，分校水塔所剩餘的量都不曉得能不能撐到明天。

在這個缺乏飲水及食物，甚至連暖氣都沒得用的狀態下，有些人出於不安而表示自己身體不適，可是就連醫療用品都不夠充足。

雖然來向浮谷求助的小徹表示幸好手機還有電，不過通訊卻忽然斷掉了。新聞報導指出，山區周遭的手機基地台受到了損害，使得許多區域無法進行通訊。

浮谷下定決心前往長野黑姬拯救摯友，但她想在出發前處理掉工作，因此才會聯繫快遞公司的從業人員。浮谷之所以會打電話給小熊這個臨時工，或許是因為她心中有著毫無根據的希望。

小熊一面聽浮谷講，同時查看黑姬近郊的地圖說：

「我也要去。我想騎Cub應該到得了那邊。」

表示要在嚴寒時期騎乘Cub攀爬黑姬山的小熊，講得像是受浮谷之邀外出喝咖啡似的。經過短暫的沉默，浮谷回答道：

「好。我現在就去準備必要物品，小熊妳騎車到黑姬站來。」

小熊知道浮谷會找地方調度物資帶到黑姬去，浮谷肯定也相信小熊會把那些物資送

去聚落。

這份信任對方一定會設法解決狀況的關係，要比關心對方安危的關係還來得密切。小熊不認為自己能和別人構築起這樣的關係，卻在不知不覺間和浮谷變成這樣了。畢竟她們之間有在騎車送貨時互相配合過許多次的交情。

小熊掛斷手機，然後打開窗戶。這個時間的北杜吹著刺骨寒風，想必黑姬應該更冷吧。小熊操作起手機，撥打登錄在最前面的號碼。

儘管她不太願意承認，不過還有另外一個技術與天分都值得信賴，只是人格有問題的傢伙。

一陣漫長的撥號聲後，小熊聽見了世上最討厭冬天早起的禮子接起電話。她的嗓音比起小熊還不悅很多。

「是好事還壞事？壞事我就先宰了妳再問。假如是好事，我就問完再宰了妳。」

小熊也沒那麼多時間可以浪費。總之得趕快鼓吹半夢半醒的禮子行動，才有辦法開始準備。

「妳夏天攀爬富士山的時候說，下次要在冬天登山。我們現在就出發吧。」

小熊感覺得到禮子慢慢清醒了。心想暫且免於一死的小熊，向禮子解釋浮谷所告訴她的情況。

38 英雄

禮子說會立刻出門，所以小熊原先想說是否會約在從縣道轉個彎就會上甲州街道的牧原十字路口，或是在拐彎後隨即可見的殼牌加油站碰面，可是禮子卻要她到篠先生的店去。

小熊一方面覺得選擇住家附近的禮子真是個懶鬼，另一方面則是很厭惡自己搞得懂禮子的想法。

總之小熊先是穿上羊毛內衣，再穿寒冬時期要比牛仔褲來得保暖的成套Champion休閒衫，還有WORKMAN出品的AEGIS禦寒連身服。

小熊把錢包和手機放進口袋，再套上從溜冰鞋取下冰刀而成的皮革短靴，而後以羊毛頸套遮住嘴巴，才戴上安全帽走出公寓。

關上門前，小熊再次回頭望著房間。接下來要騎車上路的她，並不是要去休閒或從事日常工作。心想「搞不好再也回不來」的小熊瞄了熟悉的屋裡一眼，卻覺得浪費時間而前往停車場去了。

小熊發動機車引擎，並趁著暖車期間簡單地做好檢查才跨上車。方才的不安情緒慢慢穩定下來了。

果然還是這兒讓她有歸屬感。

小熊到了篠先生的店，可是禮子卻還沒來。

約在從家裡飆來只要五分鐘左右的地點碰面還遲到，這傢伙真有種——小熊帶著這樣的想法走進燈火通明的店家，發現篠先生已經精神奕奕地在店裡忙進忙出了。明明天都還沒亮呢。

儘管時間算是夜晚，小熊姑且還是道了聲早安。篠先生並未對此回應，只是捧著一堆零件放在小熊面前。

小熊查看著眼前的零件。裡頭有Hunter Cub用的大徑後鍊輪，以及配合它的長鏈條。這些是小熊夏天騎著自己的Cub登上富士山時，使用過的高齒輪比零件。

篠先生拿出要裝在小熊車後的大容量快遞箱，這時禮子出現了。

「篠先生，你有幫我們拿那個出來嗎？」

篠先生背對著禮子，拎起擱在樓梯旁的物品。這座樓梯通往二樓的零件倉庫。

「這樣就行了吧？四組全釘胎。」

禮子的表情就像是從聖誕老人手中接過禮物一樣。汽車已經禁用這種裝有金屬釘的雪胎好一陣子了，機車用的目前還有在販售，但是很少人購買。並沒有太多人會想在冰天雪地的路上騎機車。

「好啦，妳交代的東西都湊齊了。不過，妳們當真要去嗎？」

禮子檢查著釘胎，說：

「篠先生，你之前也說過對吧？每個人都會有能夠變成英雄的一刻來臨。可是，大夥兒會考量當下的安全或立場，而不去選擇成為英雄。那時當不成英雄的後悔，會隨著年紀增長益發強烈。」

篠先生並未看向小熊或禮子，而是望向店裡頭裝飾著迷你機車模型玩具的櫃子。他可能是在回憶著自己放棄了某件事的情形。

就在小熊替自己的Cub換好釘胎、裝上高齒比鍊輪，並且堆上預備釘胎和其他裝備後，篠先生開口說道：

「好，走吧。」

動工期間不曉得上哪兒去的篠先生，換上一身看似比她們昂貴不少的禦寒配備，甚至還穿了橘色的極地長靴。他從店裡推了一輛機車出來。那是禮子一直騎到前年的郵政Cub。小熊記得有聽說它被拿到篠先生的店裡折舊換新了。許久未見的郵政Cub，各處裝著要價不菲的越野零件。

四目相望的小熊與禮子，判斷沒有辦法阻止一個男孩逞英雄。

篠先生推著因追加配備而沉重不少的機車，這時卻忽然隨著一道短促慘叫而跌倒在地。他活像一尾蝦子似的，彎腰在地上打滾。

小熊與禮子先是兩人合力把篠先生移動到店裡的沙發上，而後小熊才聯絡住在附近的史的父親。

史的父親立刻借用女兒的Motra前來了。小熊以前聽說過，他隸屬於自衛隊的軍樂隊，不過沒有管弦樂團工作的時候會去教柔道。史的父親摸著篠先生的背說：

「那個……該怎麼說好，我們這個年代的男人多半都加入了閃到腰俱樂部，恭喜你成為其中一員。」

看到篠先生倒地瞬間那副觸電般的反應，小熊與禮子都大致察覺了。所以她們才會向史的父親求助，而非打電話叫救護車。史的父親也以前輩的身分，幫助著這個光榮俱樂部的新會員。

小熊等人心想「總之得小心一點，以免加入那個俱樂部」，同時準備離開店裡。受到肉體疼痛，又體會到自己年事已高而受到精神傷害的篠先生說：

「拜託妳們了！讓那幫嫌棄Cub很矬或俗氣的傢伙好好瞧瞧，Super Cub也是一流的英雄機車！」

小熊和禮子比出了V字手勢，想說最起碼也要像個男生崇拜的英雄一樣，來跟閃到腰的篠先生道謝。接著她們甩開了嚷嚷著「慢著，我也要去！」的史父親，走出店裡。

小熊不清楚英雄是否存在於現實之中，不過這種東西會一直存在男孩子的心裡。

小熊等人在半路上的加油站加滿了兩輛車的油箱，還有二十公升的攜帶式儲油桶。從前攀爬富士山時，來回山頂所耗的汽油大約接近三公升。小熊是以這個基準，計算往返於浮谷的兒時玩伴所孤立的黑姬聚落及山麓會消耗多少油料。照理說一只儲油桶就夠了。小熊和禮子的運氣，應該會持續到這些汽油耗盡為止。

幾乎搜羅完必要物資之後，小熊與禮子從甲州街道往松本方向騎去。去年冬天到九州兜風時她們是從鹽尻往西前進，這次則是在十字路口向北行，沿著篠之井線行駛在國道上。

途中，兩人在松本市區買了食物及飲用水。這不是要送到孤立聚落的東西，而是她們自己要吃的。接下來小熊與禮子將前往受災地展開救援行動，而不是要去收受物品。她們以無法在當地進行任何補給為前提，事先備妥了所有必需品。

松本市內的大型超市有著滿滿的物資。小熊不敢相信距離此處不過數十公里遠的地方，有許多人在挨餓。

來到一如往常的早晨通勤時間後，小熊和禮子抵達了黑姬車站。

浮谷社長已經來了。同時身為信濃町中心的黑姬站正堆積著物資，準備分送給周遭多處的孤立聚落，卻沒有辦法送過去。

在物資堆得有如稱霸極地或高山的探險隊基地營之中，小熊看到了浮谷社長。

「需要的東西都湊齊了。妳們願意跑一趟嗎？」

電話斷線，手機基地台也停止運作了。在先前的地震中，孤立聚落和避難所要求的物資有水、食物、醫藥用品和無線電。目前一部分擁有無線電的聚落依然斷斷續續地捎來聯繫，內容都相當急迫。

頷首應允的小熊，態度像是浮谷邀請她吃甜甜圈似的。在她即將前往的聚落等待救援的孩子們，就連甜甜圈也吃不到。

禮子環顧四周說：

「我們最好在被人發現而嘮叨一頓前出發。」

兩名女高中生跑到地震受災區。假如她們說接下來要騎車攀登信州富士，鐵定會遭到攔阻。他們並不知道，小熊與禮子曾經騎著Cub攻頂更高的山脈過。

身材嬌小的浮谷正把物資堆到她們倆的車上。不熟機車的人來堆放多半不會考慮到重心或搖晃，因此到最後還是得自己親手重擺，不過可以放心交給浮谷。小熊與禮子互相檢查著彼此身上的裝備，如同在富士山那時一樣。

比冬天的黑姬更寒冷的地區，也有採用禮子的郵政Cub進行郵務工作。蓋上專用行李箱並確認上鎖後，浮谷揪著禮子的手說：

「拜託妳保護小熊了。」

禮子笑著答道：

「沒問題！其實呀，我可是世上絕無僅有的最後一名英雄呢。」

不想陪這傢伙說笑的小熊，先驅車出發了。

英雄不只有一名，而是兩名。

39 黑姬

機車後方載著物資的小熊和禮子，離開了黑姬車站。

若沒有穿著禦寒連身服，她倆看起來就只像是正要騎輕機上學的普通女高中生。

即使因災害而陷入混亂，山麓北信濃線沿途的街道依然如常運作。小熊等人從縣道拐彎上山，開始攀爬無窮無盡的坡道。

儘管路旁積雪，便道卻沒有凍結。她們兩人騎在上頭，抵達位於黑姬山緩坡的開發聚落。

開發聚落在地震後的狀況和平常沒有兩樣。販賣機燈光燦爛，郵務Cub正在運送著網購的貨物。浮谷好友等待救援的分校，離這裡約莫數公里遠。從距離來看沒什麼大不了的，可是該校位於標高數百公尺的山上。

聚落唯一的聯外道路，被當地的義消封鎖了。地震造成的雪崩及土石流導致道路多處崩坍一事，小熊在黑姬站已有耳聞。此時，一直騎在小熊後方的禮子換到了前面來。

禮子就這麼在開拓聚落的外環道路騎了一會兒，接著半途衝進路旁一處不曉得是道路還是林木縫隙的空間。小熊也跟著她的Hunter Cub而去。

禮子所前往的小徑，感覺大約有一輛小貨卡的寬度。它看似徒步登山道，卻沒有扶手鐵鍊。

積極開發作為度假用途的區域，有著所謂的別墅道路。

那是別墅主人或開發業者自費鋪設的路，並未登載在官方地圖或資料上。禮子騎車在山梨附近的別墅道路四處遊蕩時，偶然知道了黑姬的別墅地帶以及道路狀況。連結到孤立聚落的縣道滿目瘡痍，連救災用的四輪傳動車輛都無法通過，而要徒步輸送又嫌太遠。若能利用這條路繞過縣道，就可以運送物資到聚落了。

由於禮子從前經過時正值夏季，因此騎起來是條舒適的林道，但不曉得冬季能夠騎多遠。

儘管坡度比通往開拓聚落的路更為陡峭，路上仍有簡單鋪設的水泥，使得打在前後輪胎上的金屬釘子啪啪作響。當小熊心想「這趟路搞不好很容易騎」的剎那，隨著標高提升而降低的氣溫開始令路面結凍，最後覆上了白雪。

雖然寒風刺骨，體內卻很燙。道路兩側毫無任何保護通行者的設施，一旦輪胎因前方障礙物失控，就會連人帶車滑下陡坡。

再加上後頭還有載重，車子異於平時的動作削減著小熊的注意力。這時小熊與禮子互換了行車位置。平常相當自我的禮子，也乖乖跟在小熊的後面。

釘胎似乎有發揮它的作用，Cub總算是平安行駛在凍結的雪地山路上。小熊心想：不曉得這裡跟夏天的富士山推土機登山道，哪邊比較嚴峻？起碼推土道的砂石還有所謂的摩擦力，輪胎直接騎在上面也能咬住石頭跨過去。而結冰的石子會使輪胎打滑彈開，試圖讓載了重物導致平衡不佳的Cub翻車。小熊吐了口氣，氣息便在拉到嘴巴的羊毛頸套裡凍住了。冰霜也開始覆蓋起安全帽的透明鏡片外緣。

現在先別拿過去的行程出來比較吧——小熊帶著這樣的念頭繼續騎車爬山，和禮子互換了好幾次位置。附著在禦寒連身衣和手套上的冰，發出了清脆的聲音。

除了寒氣令人頭痛，還有冰凍的路面一直要令輪胎往側邊打滑之外，這趟路雖然稱不上舒適，但也並非騎不下去——小熊才這麼想，倒塌的樹木便堵住了她們的去路。兩人各自拿起綁在車上的鏟子及斧頭，動手清除障礙物。

她們摔倒及受阻無數次，卻每次都會開拓道路騎下去。當車子因積雪和上坡阻力而無法繼續前進時，她們會設法利用能動的車牽引另一輛動彈不得的車，開闢道路前行。

小熊還以為下車剷雪或劈樹這些運動能讓身體變得暖和，可是令人頭痛欲裂的寒意卻沒有消失。小熊心想：幸好這條別墅道路沒有交叉路口。她的指尖已經凍僵，連機車方向燈開關都無法操作了。

帶頭的禮子舉起一隻手，小熊便讓原本就只比步行快了一些的Cub減速下來。兩輛車停駐在能夠躲避冷風的岩石後方。

「該吃飯了。」

就算禮子這麼說，小熊也根本沒有食慾。禮子看起來也不餓，不過她正在搓揉戴著羊毛手套的雙手。小熊的手也失去知覺了。狀況正逐漸演變成一般認為雪山最可怕的事物——也就是凍傷。

感覺席地而坐會令身子凍到黏在地上起不來，於是她們都坐在車上，把Coleman汽化爐放在位置恰到好處的殘株上，再拿禮子的圓形飯盒來煮飯。

低於零下十度的氣溫使爐火不怎麼穩定，但總算還是煮出了飯來。小熊覺得比起飯盒裡煮好的米飯，散發在四周的火焰及熱氣更令自己心曠神怡。在煮飯的期間，兩人一直伸手對著爐子。皮膚紅腫這個凍傷初期症狀好不容易緩和下來，使小熊的指尖恢復了功能。

禮子與小熊各自拿著飯盒及煮飯神器，享用乾燒蝦仁和麻婆豆腐的蓋飯調理包。辛辣的味道令人很感激。儘管平常讓小熊覺得大飽口福的一整盒米飯差點害她哽住，她仍硬是吞了下去，再煮了一杯茶喝。寶特瓶裡的茶水早已凍結了。

吃飽飯之後，小熊遞出離開山麓時浮谷交給她的紙盒。禮子看著內容物，說：

「甜甜圈？」

「對，就是甜甜圈。」

白米與調理包能讓小熊獲得平日生活所需的足夠能量，不過處在得隨時消耗卡路里以維持體溫的天寒地凍之中，那樣的熱量就不太夠了。就連白米這個優秀的能量來源，吃下肚之後也需要其他能量來轉換它。

她們倆一塊兒吃著放在盒子裡，但表面依然有些許凍結的甜甜圈。小熊感覺甜味滲透了五臟六腑，血液竄過了四肢百骸。她的手靈活到能再次操作機車的各種開關，雙腳則是維持著足以打檔和踩煞車的功能。

看來果真如浮谷所說，甜甜圈上頭施有魔法，會保護將生命託付給車輪的人。

用過餐後，小熊與禮子便重新上路。狹小的別墅道路已經和通往聚落的路會合了，可是路程非但沒有變輕鬆，反而還更加嚴峻。來自側邊的土石流，使道路變成了單純的斜坡。當小熊拿鏟子挖掘凍土開闢路徑，再以繩索固定身體跨過去時，她很後悔沒有留下遺書，交代自己萬一在此身亡的話該把私人物品讓渡給誰。

就在無止盡的山路令她開始意識朦朧之際，景色忽然間變得遼闊了起來。平坦的地面使Cub突然加速，害得車上的小熊失去平衡，險些摔倒。她看見了一座水泥高台。小熊原想攀爬側邊坡道上高台去，但她的雙腳卻像是在夢裡似的不聽使喚。小熊這才想起自己是在騎車，而非利用雙腿步行。

兩輛Cub爬上高台一旁的坡道。先前她們倆明明都騎在未開拓的道路上，卻覺得平整山坡像是永無止盡的漫長苦行一樣。支配視野的並非前方道路，而是Cub的儀表板。不久之後，地面變得清晰可見。也許撐不下去了——小熊的雙眼清楚看見了地上流逝而去的砂土石塊。她甚至覺得，行駛中的機車輪胎、鍊條的動作，還有引擎內部的活塞運作都盡收眼底。騎在車上的自己本身，心臟似乎還在跳動。

原先趴在儀表板上騎車的小熊，這時挺起背脊望向前方。坡道的路面平坦，斜度也沒有那麼陡峭。小熊判斷：這種路況應該能靠釘胎勉強爬上去，麻煩的地方只有爬完坡道後的急轉彎。或許暫且下來推車會比較妥當。由後方攀爬坡道而來的Hunter Cub追過了小熊。禮子就這麼單腳著地，滑胎通過坡上的彎道。接著，她催動油門加強馬力來加速出彎。

在兩人擦身而過時，小熊看到車上的禮子已經幾乎失去意識了。她只是依靠迄今深入骨髓的無數騎車經驗來處理雙眼所見的訊息，再使手腳執行命令罷了。

小熊姑且也模仿禮子單腳著地過彎，直接騎車滑進高台上的廣闊用地。

兩人一道停下車子。出現在她們眼前的是分校校門，以及寫著校名的銘牌。

小熊以拳頭擊打禮子胸口，於是她便睜大了雙眼。禮子方才的表情，好像夢到了自己在享用美食一樣。禮子先是看看校門和小熊，然後才和她擊掌。

兩輛Cub直接穿過操場，騎到出入口前面。她們從未在自己平時就讀的高中，做過如此反社會的舉動。

學校似乎停電了，夜燈並沒有亮起。雪花的吸音效果，使得裡頭的人們沒有注意到她們的造訪。總之兩人決定先到感覺有人活動的體育館看看。

當小熊正要開啟體育館的鐵門時，門扉同時從另一頭打開了。現身的年輕女子惶惶不安地看著小熊。

「您就是小徹嗎？浮谷東要我送東西過來。」

女子當場跪倒在地，潸然淚下。

「我們……得救了對吧。」

體育館成了避難所。那名年輕女子、十多名孩童和看似來自學校周遭的聚落居民正圍著煤油暖爐，裹著毛毯和疑似從教室拆下來的窗簾坐在地墊上。

館內沒有照明，裡頭相當昏暗。白天的亮度還足以望見彼此的臉龐，可是地震發生在深夜。不曉得他們身在黑暗中有多麼驚慌。

禮子穿著戶外靴踩進體育館。學生們皆心神不寧地望著禮子與小熊。她們倆一身結凍的模樣，讓人難以分辨究竟是來救援還求助的。一名似乎只有小學低年級的女生開口喊著「小徹老師……」，抓住了與小熊交談的年輕女子衣襬。

禮子向孩子們問道：

「你們大家都還好嗎？」

臉色蒼白的孩子們沒什麼反應。其中看似最年長的小學高年級男生，回應禮子說：

「大姊姊，妳是來救我們的嗎？」

小熊回想起打工時協助過百貨公司頂樓辦英雄表演，面露笨拙笑容說：

「奇怪？你們不曉得嗎？」

禮子堆滿笑意，說：

「正義夥伴永遠都是騎機車趕來的呀！」

孩子們的眼神恢復了生機。大人之間似乎也受到影響，使得高昂情緒蔓延開來。片刻過後，體育館裡歡聲雷動。

在小熊與禮子騎車登山期間一直陰沉沉的天空，此時太陽從雲朵縫隙中現身了。名喚小徹的女子沐浴著體育館窗戶照射進來的陽光，同時跪地祈禱。

之後，小熊她們堆在車上的救援物資被卸下來了。裡面有當前的糧食、飲水、醫藥用品、在部分山區無法使用，但黑姬一帶已確保可以通訊的衛星電話，還有燃油引擎發電機及汽化爐。小熊當場傳授眾人該如何從聚落裡那些汽車油箱抽取汽油，以當成裡頭

的燃料。

她還有帶變流器來。萬一發電機無法使用，就能利用它從汽車引擎提取電力了。

小徹打了通衛星電話，和在山麓等待的地方政府取得聯繫。對方告訴她，縣市救災小組再過三天便會修復中斷的道路並抵達此處。發電機和汽化爐這些設備也看似運作無礙。用不著從汽車抽取汽油，學校儲備的資源也足夠撐過三天。

大夥兒利用聚落各個家庭帶來的食物和汽化爐煮著豬肉味噌湯，並以接上了發電機的電子鍋炊煮白米飯。此時，確認送來的所有物資皆順利運作的小熊與禮子，走向空載的Cub。

小徹希望她們倆起碼吃完味噌湯和溫暖的飯糰再走，不過兩人婉拒了這次款待。畢竟米飯與食材都還稱不上充裕。

「東西還有缺。我們現在要到山麓去，再送第二趟過來。」

想找禮子玩的孩子們巴著她不放。這時她對大家說：

「各位！下一趟我會帶三點的點心來！」

小熊拖著禮子的後頸，跨上自己的機車。禮子說的沒錯。如果要趁天還沒黑的時候下山，第二趟的期限就是三點左右。每次配合禮子都會遲到，在學校也一樣。

一名小學低年級的男生看著小熊等人駛離，詢問一旁的男性聚落居民說：

「爺爺，那是什麼交通工具？」

老翁望向機車馳騁的背影回答。Cub的外觀和他年輕騎乘時沒有兩樣，同時依然是逆境之中性能最好的載具。

「那個啊，是叫作Super Cub的機車。」

少年盯著兩道消失在山路深處的紅色尾燈，反覆喃喃說道。彷彿那個名詞像是會帶給自己力量的魔法咒語似的。

「……Super Cub……」

而後，小熊與禮子於搜救活動正式展開前，在黑姬過了兩天。她們將兩百五十公斤的物資運到三座孤立聚落去，還把兩名急症病患送到了山麓。

40 眾人

小熊跟禮子結束了在信州黑姬的兩天志工活動，騎著Cub回到老家去。

她們第三學期一開始就蹺掉開學典禮和第一天課程，因此遭到班導盯上。但是和黑姬那道銳利如刀的寒氣相比，老師的嘮叨只不過是徐風罷了。

椎一看到小熊的臉便隨即抱了過來，接著不發一語地把耳朵抵在她胸口確認心跳。慧海拍打著禮子身體檢查是否有缺損時，笑道：「妳們真壞，居然沒約我一起去。」

當她們騎乘Cub拯救了孤立聚落的時候，禮子打著「搞不好會受到媒體採訪」這樣的如意算盤。事後小熊看了報導才知道，英雄並不是只有她們兩個而已。

長野縣內外聚集了一批愛好雪上摩托車的志願者，積極地在黑姬以外的其他孤立聚落運送物資。有的人利用四輪越野沙灘車載運傷病患，更有些人踩著越野滑雪板長途跋涉，就為了拯救所在之處無法徒步前往的部落居民。

結果，小熊與禮子就成了兩名並未受到報導的志工。然而，她們載送物資過去的黑姬聚落分校卻傳頌著兩人的事蹟，還在教室後方牆上裝飾了許多張以蠟筆或色鉛筆繪製

的圖畫。上頭畫著她們倆身穿WORKMAN禦寒連身衣，騎著Cub的身影。

總之，小熊和禮子從不尋常的冬季高山回到了日常生活。不用擔心有生命危險的溫暖教室固然令人感激，不過她們不時會想念起鋒利如刃的黑姬山路。

史與慧海來到了小熊、禮子和椎所在的教室。史待在入口，看著大剌剌跑進三年級教室的慧海。

起初望向入口時，小熊還以為那是偶爾會在靈異節目見到的神祕人影，就是映照在攝影機中的那類東西。看了第二次才發現是史的小熊揮了揮手，於是史也含蓄地揮手回應，並露出一張看似笑容的表情。

史這個女生原本像是活在另一個世界的幽靈，自從開始騎乘小熊等人修好的Motra之後，她就有所改變了。只不過變化的腳步非常緩慢，而慧海也不會性急地催促她與人交流。

在入口待了一會兒的史正打算下定決心踏進三年級教室時，正巧通過走廊的一年級同學向她開口攀談，史便和對方一塊兒離去了。可能是人家約她去玩吧。儘管史的步調比其他人慢了些卻也勉強有跟上，仔細一看她們甚至還在閒聊。

改變了史的是Motra這輛機車，但她之所以依然慢吞吞的，搞不好是因為越野性能夠強，可是極速不如Cub的Motra害的——小熊略作猜想。若是換上禮子閒置在小木屋裡的改裝引擎，也許史就能獲得截然不同的速度了。

小熊有點想看看快得前所未見的Motra，還有逐漸轉變的史，不過她決定不要主動插手干預。史一定有她本身喜愛的速度，會自個兒決定自己需要什麼。透過得到一輛機車的經驗，史學會了該如何自行負責判斷。

總之，Motra現在多半是和史一起考取駕照的慧海借去騎了。史目前正在存錢準備購買偉士牌。比起性能，偉士牌的外型和電影裡頭的印象讓她比較中意。

小熊上完白天無聊的課程後，騎著踏上回家的路途。

反覆攀爬冬天的黑姬山使得Cub各處發出了異音，但小熊想說到時有空再去修理。畢竟她買了很多更換用的零件來囤，也擁有維修起來會輕鬆愉快的工具。

把機車停在停車場並回到公寓的小熊，脫下制服沖了個澡。她在吹乾頭髮的同時，從衣架上的制服西裝外套口袋裡拿出一只信封。

水藍色信封繪有橡實圖案，裡頭那張淡綠色信紙則寫著字跡工整的內容。

小熊小姐：

誠摯邀請閣下蒞臨今日於BEURRE舉辦的派對。

惠庭椎

小熊平時就常常到椎家去吃晚餐。事到如今椎還裝模作樣地遞交這種浮誇邀請函過來，使得小熊不禁露出一絲微笑。同時，小熊開始穿起攤在床上的衣服。

椎那張邀請函，最底下寫著意味深長的一句話。

請著正裝出席。

椎這番話既像是在考驗沒有晚禮服和套裝的小熊，也像在挑戰她。小熊並未猶疑不決。只要穿自己當前的正式服裝去就行了。

小熊穿上內衣褲，而後拿起Lee RIDERS的牛仔褲。

在微微暮色之中望見人造光源，總是會令小熊陷入寂寥情緒，或是想永遠凝視著那份悲戚。

就在比冬至時遲了些許的傍晚轉變為夜空之際，小熊騎著Cub造訪了BEURRE。內用烘焙坊掛著包場的牌子。小熊站在入口前，敲了敲平時會逕自打開走進去的門扉。既然椎搞了這麼多名堂，那就應該順著她的意思吧。

門是被椎打開的。她穿著看似綜合了無袖連身裙和烹飪圍裙的荷葉邊圍裙。梳理得比平時還用心的髮型上，戴著印第安珠寶的髮飾。椎在這個季節身穿感覺會挺冷的單薄衣物，還露出肩膀來。衣服的水藍色，彷彿展現著她的作風似的。

「歡迎大駕光臨。這邊請。」

小熊在一臉若無其事的椎邀請下走進店裡。陪同小熊前行的椎轉頭望向她的打扮。Lee牛仔褲配上比安奇皮帶，還有PENDLETON羊毛衫加上機車夾克——這是小熊自己心目中的正式服裝。除了特地為今天而擦亮的皮革短靴外，全都是人家送的。

椎原先似乎只是想偷瞄一眼，卻整個人都看到出神了。看起來是在玩味著小熊活生生出現在自己眼前的事實，而不是在注意衣物的外觀或價錢。她一直都憂心忡忡地在等小熊歸來。

店裡已人山人海。不光是內用區域，就連烘焙賣場都擺了桌椅，而且幾乎都坐滿

了。有好幾個人等不及主客小熊的到來，已經開始喝了起來。

身為派對主辦人的椎的雙親，則是忙碌地送著菜。桌上除了看似椎的父親所做的德國豬腳及漢堡排等德式肉類菜餚，還有出自母親手藝的秋葵濃湯跟什錦飯這些卡郡料理，其中還摻雜了感覺不怎麼高竿的義式菜色，以及彷彿外科醫生操刀般既正確又精密的法國餐點。

椎的祖父在店內調戲著坐在身旁的浮谷社長。人在小徹旁邊的栗紅衣女子今天也穿著猶如阪急電車的栗紅色褲裝，身邊還跟著一個光頭好男兒。仔細一看，那是解體廠的火柴人。光是把骯髒的連身工作服換成無領帶西裝，就讓他判若兩人了。篠先生也不再是穿平日的工作服，而是整潔的羊毛褲配上斜紋軟呢外套，不過這副模樣不太適合他。

慧海和史也到場了。做黑色連身洋裝打扮的史，看似被人群的熱氣給震懾住了。一旁的慧海不改平時的態度及服裝，正向隔壁的史的父親詢問著那套自衛隊軍禮服的各種問題。她有問到穿軍禮服出席私人派對是否無妨，但自衛隊並沒有特別規定，甚至有不少隊員是穿著它去參加婚禮。

小熊被邀請到最裡面的上座，禮子則是已經坐在一邊了。她的正裝果然還是成套的藍灰色工作服。禮子在幾年前的大地震看到閣員穿成這樣，就受到了強烈影響。

椎的父親正在倒著LE PAULMIER的無酒精氣泡酒。在小熊就座的同時，他開口向大夥兒說：

「那麼，為慶祝吾友小熊和禮子平安完成志工活動歸來，敬兩位英雄！」

早已開始喝酒的與會者們作勢碰著玻璃杯，喝光杯中物之後又聊了起來。見到桌上的菜餚迅速減少，小熊也拿了自己的一份。

一旁的禮子默默伸出杯子，小熊也不發一語地拿自己的玻璃杯碰了過去。撥開眾人坐在小熊身旁的椎，也過來輕碰著杯子。

再過三個月，小熊就要和禮子及椎分道揚鑣了。不過這件事應該沒有任何意義，畢竟有Cub就能隨時去見她們。總之只要小心別去蹲苦窯，搞得難以碰面就好。

考慮到小熊與禮子她們明天還要上學，這場料理五花八門又有氣泡酒的派對暫時落幕了。大人們接下來似乎要續攤的樣子。小熊再度向椎的雙親及眾人道謝後，便走到熱情洋溢的BEURRE外頭去了。

禮子依依不捨地看著眾人酒杯中的葡萄酒和啤酒，小熊便把她也拖了出去。椎在大人們的嘈雜聲之中入睡了。而慧海說要送史回家，剛剛已經離開了店裡。

小熊跟禮子各自騎上自己的車。小熊的腦袋一片茫茫然的，令她懷疑那瓶氣泡酒是否當真不含酒精。然而，在颼颼冷風中跨上車，並委身於腳踩發動的引擎震動後，小熊的情緒像是回到自個兒家裡一般慢慢穩定了下來。

禮子表示等一下要看影音網站直播並拆解引擎保養，於是連忙趕回去了。小熊也騎著Cub往自家公寓前進。

靠Cub的前照燈騎在黑暗中，讓小熊感受到自己確實隻身一人。或許她就是想體會這種心情，才會選擇Cub而非電車或巴士當成交通工具。和大夥兒一起喧鬧的時光比想像中還開心，但和自己交情匪淺的果然還是孤獨這個朋友。

回想起來，自從開始騎機車後，她認識了形形色色的人。碰見禮子還有椎，之後又經歷了幾件事，小熊才得以認識今晚一塊兒度過的人們。

假如並未騎乘Cub，搞不好自己無論在學校內外都會永遠孤身一人。倘若狀況演變成那樣，獨處時間就一點也不充實，只會是單純的苦行了。想必也會讓小熊覺得厭世。

正是因為騎著Cub，能夠堅持自己中意的騎乘方式，才會發展出那段人際關係，進而享受與眾人相處的時光，獨處時也變得開心。往後只要繼續騎著Cub下去，一定有機會再和別人互相接觸。

Super Cub為小熊帶來了彷彿寶石般燦爛光輝的事物。

後記

衷心感謝各位讀者購買這部作品。

這次的主題是機車與人際關係。

機車基本上是一個人騎乘的交通工具，不過在過程中卻會和許多人有所接觸。

由於這種商品不但非常昂貴又很需要售後服務，首先必須和車行建立起關係，之後登錄車籍或申請時會和公所交涉、談判，騎車過程也會交到朋友。

購買零件或服裝有各式各樣的方法，像是跟車行訂購或個人轉讓等等，這些也都會讓人與人之間產生關係。甚至還有因交通事故或違規而和警察講話，這種令人不怎麼開心的交流也是。

在其他領域的圈子裡熱絡地聊著機車話題，或是做些與機車相關的興趣或活動，只要騎在機車上，人際關係便會不斷地擴大下去。

獨自騎乘的機車，沒辦法只靠一個人上路。

藉由騎車這件事，我了解到自己單獨一人的可能性與極限，並找到了能夠和別人一

塊兒完成的事情。

最後，於本作出版時鼎力相助的Sneaker文庫編輯部W編輯＆K編輯、筆下插畫令人心醉神迷的博老師、改編漫畫版繪製得活靈活現的蟹丹老師，以及由車廠這邊給予大力支援的本田技研工業高山先生，在此向各位致上由衷的謝意。

縱使機車是種能夠拓展人際關係的物品，也有人會像我這樣被排除在外。屆時即使孤身一人，也還是過得去啦。

トネ・コーケン

恭喜
《本田小狼
與我》
第四集
上市!!
漫畫這邊
我也會
加油——!
UCC
2018.12.1

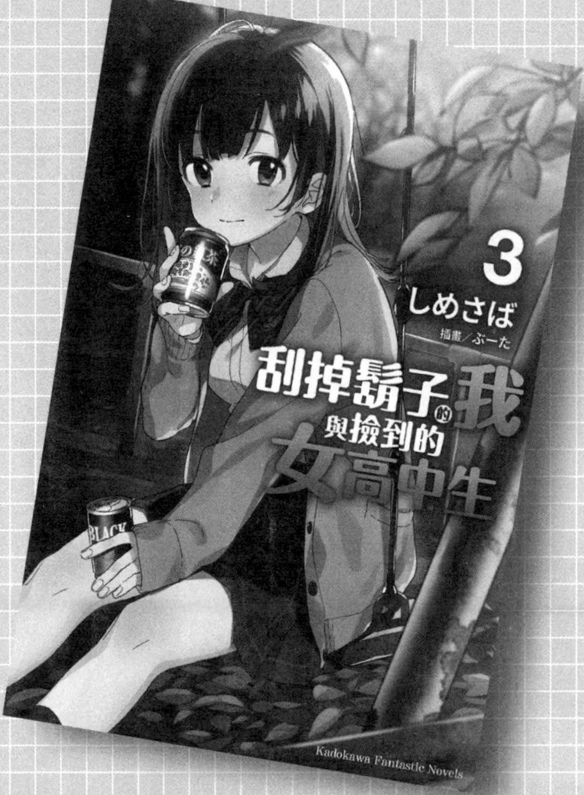

刮掉鬍子的我與撿到的女高中生 1~3 待續

作者：しめさば　插畫：ぶーた

上班族 × JK，話題延燒的同居戀愛喜劇，
日本系列銷售累計35萬冊！

蹺家JK沙優和上班族吉田，已經完全習慣身邊有彼此作伴。這時，吉田高中時期的女友——神田學姊調動到他這間公司來。面對「曾和吉田交往過的對象」這個意想不到的人物，沙優的內心掀起了一陣漣漪，緊接著還有陌生的高級轎車出現在她的打工地點——

各 **NT$220~250/HK$73~83**

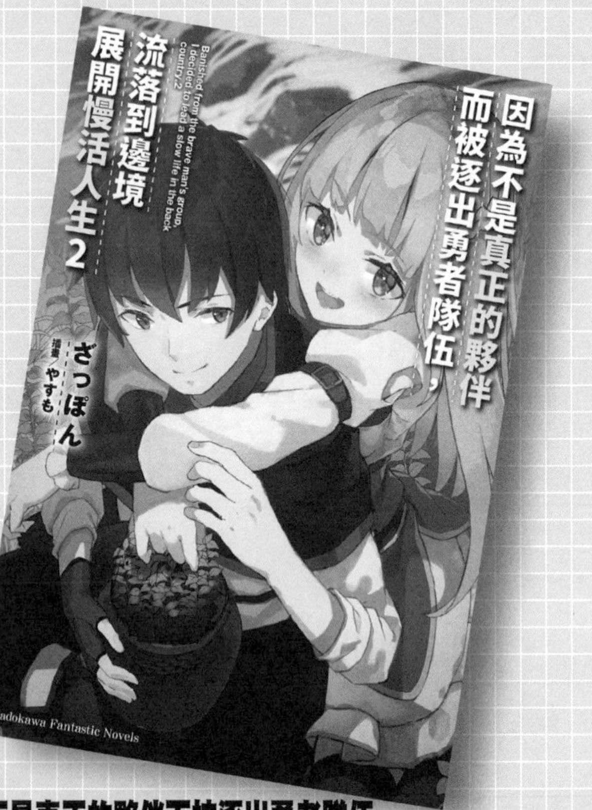

因為不是真正的夥伴而被逐出勇者隊伍，流落到邊境展開慢活人生 1~2 待續

作者：ざっぽん　插畫：やすも

被逐出隊伍的英雄所帶來的超人氣慢活型奇幻故事，第二幕就此揭開！

英雄雷德被逐出隊伍後，來到邊境之地以藥店老闆的身分展開幸福的新生活。與公主度過的甜蜜時光，讓英雄的心靈逐漸獲得滋潤。另一方面，因雷德離隊而陷入混亂的勇者一行人，又將因為前代魔王遺留在遺跡的飛空艇而遇上更激烈的戰鬥！

各 **NT$220/HK$73**

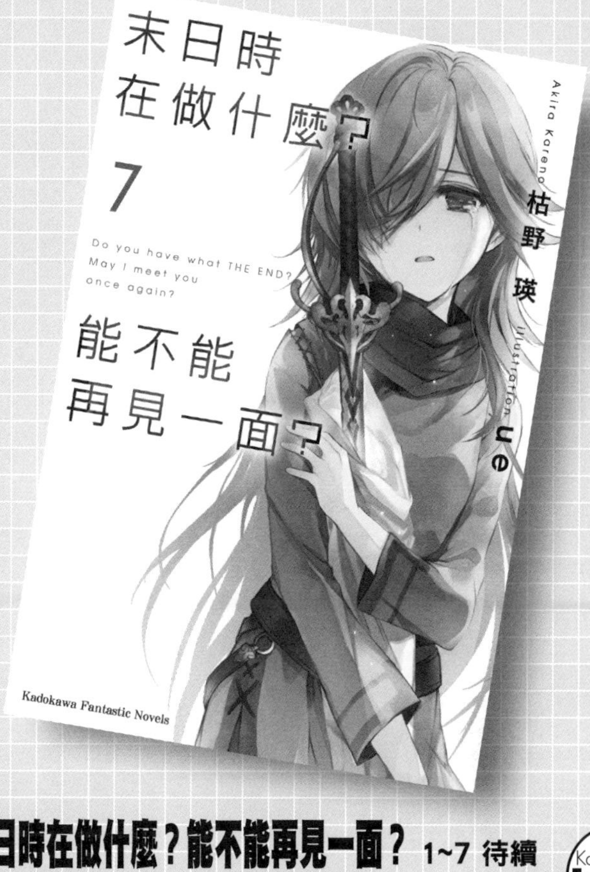

末日時在做什麼？能不能再見一面？ 1~7 待續

作者：枯野 瑛　插畫：ue

「我去善盡黃金妖精的責任。」
這是由被塑造出來的英雄所譜出的故事——

能夠與〈獸〉對抗的黃金妖精存在廣為流傳，懸浮大陸群因而激昂沸騰；另一方面，侵蝕的腳步聲逐漸逼近三十八號懸浮島。潘麗寶·諾可·卡黛娜為了使盡全力挺身與〈獸〉一戰而踏上被〈第十一獸〉吞噬的三十九號懸浮島——

各 **NT$190~250/HK$58~83**

國家圖書館出版品預行編目資料

本田小狼與我 / トネ・コーケン作 ; uncle wei譯. --
初版. -- 臺北市 : 臺灣角川, 2020.08-
冊 ; 公分. -- (Kadokawa fantastic novels)
譯自 : スーパーカブ
ISBN 978-957-743-932-1(第3冊 : 平裝). --
ISBN 978-957-743-962-8(第4冊 : 平裝)

861.57 109008338

Kadokawa
Fantastic
Novels

本田小狼與我 4

（原著名：スーパーカブ 4）

2020年9月3日 初版第1刷發行
2021年5月5日 初版第2刷發行

作　者：トネ・コーケン
插　畫：博
譯　者：uncle wei

發行人：岩崎剛人
總編輯：蔡佩芬
美術設計：莊捷寧
印　務：李明修（主任）、張加恩（主任）、張凱棋

發行所：台灣角川股份有限公司
地　址：105台北市光復北路11巷44號5樓
電　話：（02）2747-2433
傳　真：（02）2747-2558
網　址：http://www.kadokawa.com.tw
劃撥帳戶：台灣角川股份有限公司
劃撥帳號：19487412
法律顧問：有澤法律事務所
製　版：巨茂科技印刷有限公司
ISBN：978-957-743-962-8

本田小狼與我

Super Cub

TONE KOKEN

Illustration：HIRO